愛 の 対 価

the dance of blind love

テルヨ・フロンベルク

JN107545

幻冬舎
MC

目次

第1章

来訪者

PART 1

2019年1月8日

Wilson Andrew から Facebook の友達リクエストが届いた。

　　明るい栗色の巻き毛

　　優しそうな碧色の瞳

プロフィール写真のウイルソンはわたしに微笑んでいた。

わたしはひと目見て彼を気に入った。

即、ウイルソンからの友達リクエストを承認した。

ウイルソンは、彼自身のことをメッセージで知らせてきた。

ウイルソンはドクター。

現在はシリア駐在のアメリカ軍で働いている。

アメリカに帰って医療センターを開業することが彼の夢。

彼は今44歳。

今から10年前に日本人女性と結婚した。

つかの間の結婚生活で、奥さんは結婚２年後白血病で亡く

なった。ウイルソンはシングルファーザー。

Alice という10歳の娘がいる。Alice はアメリカ、フロリダ

のプライベートスクールに入っている。

テルヨ　フロンベルク、ステキな名前だね。

　　LINE の ID を教えてくれないか。

ウイルソンとわたしはそれ以降、LINE を使って話をする
ようになった。

ウイルソンから聞かされる話は、シリアの軍の様子。

テロリストによって軍人が死んでいく様。

　　今日は10人、軍人がテロリストに殺された。

　　　今日は２人、軍人がテロリストに殺された。

　　　　今日は３人。今日は……、今日は……。

ウイルソンは自分の心情を語った。

　　あと任務は４ヶ月ほど残ってる。

　　シリアで死にたくない！

　　任務が終わるまでに僕は殺される！

　　シリアから逃げたい！

同時にウイルソンは彼の荷物をわたしの家に送ってもいいか、
と聞いてきた。

荷物をわたしの住所に送りたいと言われた時、

わたしは戸惑った。

一日考えさせて、と告げた。

結局、翌日、自分の住所、電話番号を彼に送った。

ウイルソンは任務が終わったら、わたしの家まで荷物を取りに来るという。そのすぐ後、シリアのR&X Deliveryという運送業者からウイルソンの荷物の運送料金の振込口座がわたしに送られてきた。

　運送料金 $7,860（約82万円）。──すごく高い運送料！

ウイルソンに運送料金のことを言ったら、ウイルソンいわく、

　シリアは銀行が閉鎖されている。

　自分で運送料金を払うことが出来ない。

　フロンベルクに会った時に絶対返金するから立て替えてほしい。

ウイルソンから聞かされた荷物の中には、ウイルソンのドクター記録書、貴金属、沢山の本。特にドクター記録書は大事な物。この先もドクターをしていくには、ドクター記録書は必要な物。

　わたしは翌日銀行から$7,860を振り込んだ。

ウイルソンから友達リクエストを受けて、その 2 週間後には彼の荷物にかかる運送料金を振り込んでいた。
振り込んだ翌日、
銀行からウイルソンへの振込はストップしたとの電話がきた。
銀行員は言った。

　　世の中詐欺師が多い。
　　知らない人には100ドルたりとて振り込まない方がいい。

銀行員はわたしのことを心配してそんなアドバイスをしてくれた。そしてウイルソンへの振込をストップした。

そんな銀行員のアドバイスにも耳を貸さず、翌日わたしは他の銀行の支店からウイルソンの荷物の運送料金 $7,860 を振り込んだ。

　　まだウイルソンと知り合って間もないのに
　　この頃にはわたしはウイルソンに夢中になっていた。

PART 2

2019年3月

わたしは東京にいた。

ウイルソンはわたしが東京にいることを知って、

彼は東京に行きたいと言ってきた。

　　シリアを出たい。

　　シリアから東京までは近い。

　　フロンベルクと東京で会ったらアメリカに一緒に帰ろう。

　　フロンベルクと東京で会ったらシリアにはもう戻らない。

ウイルソンは事前にShipping Nation（船会社）の船長と

交渉して、わたしが費用を払うと伝えていたらしい。

Shipping Nationからわたし宛にメールが届いた。

　　振込先はみそら銀行。

　　東京までの船賃が50万円。

　　その内訳は乗船費用と燃料費。

その時銀行員のアドバイスが、わたしの頭を過ぎった。

──知らない人に100ドルたりとて振り込まないほうがいい。

ウイルソンから頼まれた荷物。まだわたしの所に届いてない。

荷物の運送料金は1月に、とっくに振り込んだのに。

わたしはその要求を無視した。

ロサンゼルスには日本時間4月1日に戻った。

アメリカ時間同日、わたしはロサンゼルスに着いた。

そして同日4月1日、ウイルソンからシリアを脱出したと知らされた。ウイルソンはシリアからトルコのイスタンブールにたどり着いた。

彼がわたしに伝えてきたのは、イスタンブールに着いた時、友達のBrian Davisから$3,000を借りたこと。

今はイスタンブールのホテルに宿泊していること。

それから10日後くらいにウイルソンはわたしに少しばかりのお金を送ってほしいと伝えてきた。

彼はホテルに数日泊まって食事してお金を使い切った。

Brianに再度お金を貸してほしいとメールを出したけど返事は来ない。手元には一銭も残ってない。

iPhoneの電源ももうすぐ切れる。お金が必要とのこと。

　　銀行員のアドバイスがまた頭を過ぎった。

　　わたしはウイルソンの要求を無視した。

ウイルソンは諦めたのか、その時はじめて自らLINE ID
を消して、わたしから去った。
もうわたしからは彼に連絡するのは不可能。

PART 3

2019年4月

Mike という男がわたしに LINE してきた。

Mike いわく

　　僕はシリアの軍でドクターとして任務してる。

　　ウイルソンはシリアを逃げた。

　　ウイルソンは自分のパスポートと ID カードと

　　ノートパソコンをシリアに忘れていった。

　　ウイルソンが忘れていったパソコンのデータから

　　フロンベルクの写真とフロンベルクの LINE ID を見

　　つけた。

　　さっき、ウイルソンから僕に彼の新しい LINE ID が

　　送られてきた。

　　ウイルソンはフロンベルクに彼の新しい LINE ID を

　　送ってほしいと僕に頼んできた。

　　ウイルソンに LINE してあげてほしい。

Mike は続けた。

　　フロンベルクがウイルソンと一緒にいると、あなたに

　　リスクがかかるかもしれない。でもウイルソンはフロ

ンベルクに逢いたくてシリアを逃げたんだよ！

来月僕たちドクター全員シリアからアメリカに引き上

げる。

ウイルソンを助けてやってください。

Mike が教えてくれたウイルソンの新しいLINE ID に早速

LINE した。LINE した時、ウイルソンは病院に入院して

いた。

彼はその経緯をわたしに話してくれた。

Brian から借りた$3,000を使い果たしてからは、空港で

２週間飲まず食わずで過ごした。気がついたら病院の中

だった。

ウイルソンは胸の痛みに苦しんでいた。こんなに痛いなら

死んだ方がいい。シリアから逃げた時のストレスから来る

痛みだと。

彼は続けた。

僕の手元には治療費の保証金もわずかなお金も無いか

ら、ドクターは僕を十分に診てくれない。

病院長は僕に院長の口座を教えた。誰か振り込んでく

れる人がいたらこの口座に振り込むようにと。

ウイルソンは少しでもいいから治療費の保証金を振り込ん
でほしいとわたしに頼んできた。わたしはすぐに治療費の
保証金として$700（約7万円）を振り込んだ。
ウイルソンはLINEの電話の向こうで泣いてた。嬉しかっ
たと。

この時、銀行員のあのアドバイスがわたしの頭から遠退いた。
　　これまでわたしが見てきたウイルソンの様子。
　　ウイルソンから伝わる状況を判断する限り彼を信じら
　　れる。
　　彼が詐欺師だとしたら芝居が上手過ぎる。
　　もしウイルソンが詐欺師なら
　　　　ここまでわたしを騙して
　　　　　　これほどわたしを良い気分にさせてくれる
　　騙されてもいいよ……

ウイルソンから報告がきた。
彼が言うには、病院のドクターからしばらく治療が必要だ
と言われた。でも病院を出てアメリカにすぐ帰りたい、と
言ってきた。ウイルソンはわたしにアメリカ行きの航空料

金$4,200（約44万円）を振り込んでほしいと催促してきた。

アメリカに帰りたい、と言う彼の要望には、応えた。
その$4,200の一部で病院の治療費を支払うとのこと。
早速$4,200を＊＊＊＊に振り込んだ。

翌日ウイルソンはアメリカ行き航空券を買った。
その航空券の写真をわたしに送ってきた。
イスタンブール東京経由ロサンゼルス
出発予定日は4月26日

出発予定当日、ウイルソンから今日は大雨の為、飛行機は
飛ばないという知らせが来た。彼はすでに空港にいる。
次の出発予定日は1週間後だという。
彼は今から病院には戻りたくない、と言う。
次の出発日までホテルに1週間泊まる。もうホテルは見つ
けたと。そのホテルの支配人は、ホテル代が振り込まれて
からホテル代金を払ってくれればいいとのことで、ウイル
ソンをその日から宿泊させてくれた。

彼は言う。

お願いだ、テルヨ、ホテル代を振り込んでくれないか。

1日2回の食事付き。

1週間$3,500（約36万円）──いい値段！

ウイルソンが言うには空港から近いホテルはどこも料金が

高い。このホテルに決める前に他のホテルに行ったけど、

他はもっと高い。

わたしは早速$3,500を振り込んだ。

振込先はホテル支配人の口座。

PART 4

2019年5月初め

ウイルソンがホテルに1週間いるその間、彼は航空券を
買った。代理店に出向いて次の出発予定日の確認をしたと
言う。

ウイルソンはその代理店から言われたことを、
わたしに伝えてきた。
手元に現金、少なくとも$12,000（約125万）ないと
アメリカに入国出来ないと。
彼は$12,000を送ってほしい、とわたしに頼んできた。

　　じゃ、どうしてアメリカ行きの航空券が買えたの……?
　　今、思い出した!
　　ウイルソンはシリアにパスポートを忘れてきた。
　　それじゃアメリカに入国出来るはずないよ!

わたしはその$12,000の要求には応えないことにした。
そのお金で彼は自分の好きな物を買ったり、私用に使うに

決まってる。これまでわたしが彼の要求に応えてきたから、彼は調子にのっている。$12,000は大きい金額だよ。

ウイルソンは無一文。彼にはお金が必要。

彼は自分が必要とするお金をわたしに催促する。

食べ物代、病院の治療費、交通費などなど。

これまで何度か彼にアメリカ大使館に行くことを勧めた。

アメリカ大使館でお金を借りられるはず。

大使館は助けてくれるはず。

ウイルソンはそれについては応答無し。

彼はアメリカ大使館に助けを求めに行かない。

ウイルソンはこの先もずっとわたしにお金を要求するんだろう。

その上、ウイルソンはまだ治療が完治してないこともあって、よく病気になる。

その度にウイルソンは治療費の一部と、薬代をわたしに催促する。イスタンブールでの病院治療費、全額は未払いのまま。

ウイルソンはほんとうによく病気する。

重病になってこれまで2度死に損なった。

わたしは彼がシリアを出てからの彼の様子をずっと見てる。

彼が死と生をさまよった時も。

……その度、号泣した。

ウイルソンはたくましい。

そんな状況の中にいてもしっかり生き延びてる。

彼は空港で2週間飲まず食わずで過ごしたこと以外に、

今日までの間、数日間何も食べないことが多々ある。

それでも今日も彼は必死に生きようとしている。

ウイルソンがわたしにこれまでお金を催促する度、

わたしは彼をLINEからどれだけ削除したことか。

時にわたしは、別のターゲットを見つけて！　と

彼に自分の感情をぶつけた。

削除しても彼はすぐLINEに入ってくる。

わたしも彼をすぐLINEに入れてしまう。

やっぱり彼のことを愛してる！

ウイルソンとわたしは、毎日LINEで話そうと約束している。
時差があるのでタイミングが合わなくて、
直接話が出来ない日もある。
そんな時、彼は決まって言う。
　　　長い間テルヨはLINEに来てくれなかった。
直接話ができない日は、彼にしてみれば長く感じたのかも。

ウイルソンは、知り合った当初からわたしのことを
"僕の女房"と言っている。
ある時からLINEでお互いに"ダーリン"と
呼び合うようになった。
　　　彼はよく言う。
　　　神がテルヨを僕に送ってきた。
　　　わたしも神様がウイルソンを
　　　わたしに送ってきたと感じてる。
　　　今まで数回LINEの中でウイルソンからプロポーズさ
　　　れた。
　　　Aliceと３人でずっと一緒に暮らそう。

結婚しよう！

PART 5

2019年5月半ば

Brian Davisという男からFacebookをとおしてわたし宛に
メッセージが来た。Brian Davisのメッセージの表面に使
われている顔写真はウイルソンの写真。

変だなあ、と思いながらメッセージを開いてみた。

Brianいわく、

　　ウイルソンからフロンベルクのことを聞いた。

　　フロンベルクがFacebookにプロフィールを載せてい
　　る事もウイルソンから聞いた。

　　メッセージをフロンベルクに送る前に、ウイルソンに
　　貸してるお金の事で、僕はAliceにメールした。

　　Aliceは、テルヲに何でも聞いてください、テルヲは
　　わたしのママだから。と言っていた。

Brianはウイルソンのことを語り出した。

　　今から10年以上前、Brianはウイルソンとドイツで、
　　車販売の仕事を一緒にしていた。

　　その間ウイルソンは日本人女性と結婚した。

　　つかの間の結婚生活でウイルソンの奥さんは亡くなった。

その後間もなくウイルソンの両親が
ほぼ同時期に亡くなった。
Brian は続けた。
　　昔からウイルソンは医者になるために勉強をしていた。
　　そして医師免許を取得してドクターになった。
　　ウイルソンはお金持ち。ドイツに家を1軒、アメリカの
　　フロリダに家1軒、車を3台所有している。
　　ウイルソンは人気ドクターで、政府から任命されて
　　あちこちを仕事で廻っている。

Brian は更に言った。
　　ウイルソンはほんとうに良い男。
　　女性にモテるし、妬けちゃうよ。
　　ウイルソンはシリアから逃げた。
　　シリアの軍はどうしてもウイルソンには
　　合わなかったんだろうな。

わたしはBrianに、実際はウイルソンとは会ったことないと
伝えた。
わたしにBrianは、

それなのにテルヨはウイルソンを助けている。

ウイルソンを愛してるんだね。

ウイルソンもテルヨさんを愛してる。

I believe Wilson loves Teruyo too.

Brianはさらに続けた。

僕はウイルソンにお金を貸してる。

返済期限がとっくに過ぎてる。

今僕はお金に困ってる。

ウイルソンがどこにいるか見当ついてる。

ウイルソンにとっては、テルヨしか頼る人いないんだから

これからも彼を助けてやんなよ。

PART 6

2019年6月

ウイルソンから数日 LINE が来なかった。

LINE が日課になっているので、数日でも彼から LINE が

来ない時は、彼に何か起きたのかと心配になる。

心配が続く中、ウイルソンから数日振りに LINE がきた。

彼はその数日間の出来事をわたしに話してくれた。

彼が泊まっているホテルに、警察が来て、彼は逮捕された。

Brian の返済金未払いの件で Brian はウイルソンを訴えた。

Brian と病院長は知り合い。

病院長もウイルソンの治療費未払いの件で

Brian と一緒にウイルソンを訴えた。

数日間、彼は警察の取り調べを受けた。

それでわたしに LINE が出来なかった。

Brian に $3,000返済するまではこの先も

彼は警察監視の下に置かれる。

すでに、彼の所持品は全部警察に取り上げられた。

iPhoneは必要な時だけ監視の下で使わせてくれる。

ウイルソンは戻る場所が無くなって、逮捕されてからは
留置所が彼の居場所になった。
警察から出される食べ物は1日1回。少しの量。
食事不足と疲労、そしてまだ彼は治療が必要なほど
弱ってるせいからなのか、彼から送られてきた写真は
彼の顔半分が黒アザになっている。

さらにウイルソンは伝えてくる。
留置場まで、毎日病院長とBrianが彼の様子を見に来る。
Brianは$3,000今すぐ返せ！と相当怒っている。
テルヨに振り込んでもらえ！とBrianは自分の口座を
ウイルソンに伝えた。
病院長の時と同じように、ウイルソンは$3,000を
Brianの口座に振り込むようにとわたしに頼んできた。
わたしはウイルソンの返済金額$3,000（約31万円）を
Brianの口座に振り込んだ。

しばらくして、ウイルソンはBrianの口座に$3,000が

まだ振り込まれてない事をわたしに知らせてきた。

わたしは銀行に行って確認した。
銀行いわく、Brianの口座番号とBrianの名前が一致しないから振り込んだお金はBrianの方の銀行で保留されているとのこと。Brianの口座には入らない。
そののち $3,000 はわたしの口座に戻された。

ウイルソンはわたしのことを自分の女房だと、周りにも言っている。病院長は、何で女房が亭主を助けられない！とわたしに立腹している。病院長はLINEの中に真っ赤な怒りのスタンプを付けてわたしに送ってきた。

ウイルソンは留置されている間、
そうとうな屈辱を周りから受けていると伝えてきた。
もう耐えられない！　死んだ方がマシだ！
彼の返済金をどうやって振り込んだら良いのか分からない。

ある時ウイルソンから知らせがきた。
なんだかいつもと違う彼の様子。

LINE からでも伝わってくる。

彼が言うには

　知らない女性が僕を助けてくれた。その人が Brian の
　返済金を僕の代わりに Brian に返してくれた。
　僕が Brian と警察から出たところをその人は僕に声を
　かけてきた。彼女に事情を話したら、その人はその
　場で近くの銀行に行って $3,000 を Brian に返金して
　くれた。
　テルヨのこともその人に話した。
　テルヨの LINE ID をその人に教えたから、彼女から
　テルヨに LINE がいくと思う。

早速その女性から LINE が来た。

　わたしはサカシタ　ヨウコといいます。
　イスタンブールに住んでます。
　わたしはウイルソンを助けました。
　ウイルソンが Brian と一緒に警察署から出て来たとこ
　ろを
　見かけてウイルソンに声をかけました。

それで彼に事情を聞きました。

　わたしはひと目ウイルソンを見た時から

　彼を好きになりました。

　彼はシリアを出てからのことをわたしに話してくれま

　した。

　テルヨさんの話もしました。

　Brianにお金を借りたいきさつも話してくれました。

　わたしはその場で近くの銀行からお金を引き出して、

　彼の代わりにBrianに$3,000を返済しました。

　ウイルソンは彼のLINE IDとメールアドレスを

　わたしにくれて、その足で病院に行きました。

　見たところ、彼はそうとう弱ってました。

ヨウコはさらに続けた。

　ウイルソンに他にもお金が要るなら貸しますよ、と

　聞いたら彼は遠慮しました。

　病院の治療が終わったら私の家に来ませんか？と

　ウイルソンに尋ねました。

　彼はあとでわたしにLINEしますと約束して、

　その足ですぐ病院に行きました。

次のLINEでヨウコは言った。

ウイルソンからはLINEも来ない。メールも来ない。

彼は冷たい。

助けてあげたのに。

──女が知らない男を助けるのは"その男を気に入った"。

往々にしてそんなところ。

ウイルソンが言うには

　　サカシタ　ヨウコから彼女の家に来ないかと誘われた

　　けど、

　　行けばテルヨを裏切るようで遠慮した。

ヨウコはわたしに自分の心情を訴えてきた。

　　わたしはウイルソンをひと目見た時、運命の人だと感

　　じた。

　　彼と一生共にしたいと思った。

　　I want to rest together with Wilson forever!

ヨウコは更に言う。

　　ウイルソンは未だにわたしにメールもLINEもしてこ

　　ない。

　　テルヨさんはまだウイルソンと会ったことないんでしょ、

だったらウイルソンのこと忘れてください！

でもヨウコにはウイルソンからメールもLINEも来ない。
ヨウコはウイルソンが自分に気がないことを知った時、わ
たしにBrianに肩代わりした$3,000の要求をしてきた。
今すぐ返してほしい！　ウイルソンの代わりに、と。
そしてヨウコはある事を決行すると言う。

　　明日は日曜日で会社休みだから街中ウイルソンを探し
　　回ってやる！
　　絶対探し出してやる！

彼女は完全にストーカーだ。
ウイルソンは性悪な女に出会った。
ウイルソンを助けた様で、実際は助けたわけではない。

　　次の日ヨウコが言うには
　　昨日はウイルソンを探し出すことが出来なかった。
　　絶対見つけ出してやる！
　　イスタンブールからウイルソンを出られなくしてやる。
　　出ればテルヨさんと会うから。

彼をテルヨさんと会わせたくない！

ある日突然ヨウコはわたしにビデオ電話をしてきた。
彼女は無言で薄ら笑いしてる……ただそれだけ。
次のLINEで
　　　テルヨさんはブス！
　　　若くない！
　　　奇麗じゃない！
と、わたしに浴びせた。

数日後、ウイルソンがLINE電話をしてきた。
空港に行ったところをヨウコに捕まった。
彼女は男と一緒だった。
ヨウコは$3,000をすぐ返済することをウイルソンに約束
させた。
そしてウイルソンはヨウコへの返済をわたしに頼んできた。
電話の向こうで彼は男泣きしていた。

ウイルソンからの指示による送金先はWalmart to Walmart
の個人宛の口座。

他人に自分の口座を貸す事を商売にしてる人が持っている口座。

送金額の数パーセントを口座貸し主に手数料として支払う。

Walmart to Walmartの決まりは1日に振り込める最高限度額は$2,500。最初の送金は$2,000が最高限度額。

わたしはウイルソンの指示どおり、2日に分けてそれぞれ$1,500（約16万円）を振り込んだ。

PART 7

2019年8月

サカシタ　ヨウコに$3,000を返金した後、わたしは直ぐヨウコをLINEから削除した。

　　ヨウコからもそれ以来わたしにLINEはこなくなった。

　　ウイルソンはヨウコから解放された。

　　そして8月1日、ウイルソンはイスタンブールを離れた。

　　ドイツのベルリンに移動した。

ウイルソンが言うには

彼がイスタンブールの病院にいた時、わたしが送った$4,200、そのお金で買った航空券は彼が逮捕された時、警察が取り上げた。彼が警察から解放された時、警察は現金で返金してくれるとのことだった。

ヨーロッパ内はパスポート無しでも電車ならどこでも移動出来る。警察から返金してもらったお金で彼は電車でイスタンブールを離れた、と。

8月1日、ウイルソンはドイツのベルリンに着いた。

ウイルソンは何処にいてもわたしに近況を知らせてくる。
Walmart to Walmart個人宛口座にホテル代を送ってほしい、と。
ウイルソンはベルリンでもホテルと交渉した。
彼がアメリカに戻った時にホテル代を支払う条件で、
宿泊させてくれたホテルもある。
そんな時はわたしの負担も軽くなる。
ウイルソンがいつ支払ってくれるのか見込みがないと思った時、ホテルはウイルソンを長く宿泊させなかった。

　わたしもホテル側と同じことを考える時がある。
　ウイルソンからのお金の要求。いつまでわたしは当てにされるんだろう。せめて彼がパスポートを持っていれば彼を助ける手段はある。彼の所に行って航空券を買って、アメリカまでウイルソンと一緒に帰ってくる。それもひとつの案。
　今のウイルソンに航空料金を送っても彼は私用に使ってしまうに決まってる。

ウイルソンから連絡がきた。

ヨウコは連日ウイルソンにメールをしてくる。

彼女はまだウイルソンに執着している。彼が何処にいても。

ヨウコはウイルソンにイスタンブールに戻って欲しいと哀願する。私と一緒に暮らして、と。

ウイルソンがイスタンブールにいた時から、ヨウコはウイルソンに哀願している。いつからかヨウコはウイルソンにお金をあげることで、彼を自分の手にしたいと思うようになった。

ウイルソンは全ての自分の近況をわたしに伝える。

連日ヨウコがウイルソンにメールを出して、自分の欲望をあらわにする事も。テルヨさんが今までウイルソンに振り込んだお金はわたしがテルヨさんに返金する、と言った事も。

　　ウイルソンはただ一言。

　　僕はヨウコを愛してない！

ちなみにサカシタ　ヨウコの現在の年齢は69歳。

数年前に彼女の旦那さんが亡くなった。

それからは彼女は今日まで一人身。

ちなみにわたしは現在72歳。

Facebookでウイルソンからの友達リクエストを承認した時、

自分の年齢なんか考えなかった。

ウイルソンはお金を振り込んでくれる相手を探してたんだ

ろうけど。

ウイルソンとはまだ実際会ったことがない。

今日までウイルソンとはLINEだけの交流。

そんな会ったこともない見知らぬ男に、

わたしはお金を振り込んでる。

　　見知らぬ男をわたしは愛してる。

　　これまでの自分の人生で

　　これほど男を愛したことは他にない。

突然わたしの人生の中にやってきた

ウイルソンへのこの愛は偶然なのか……。

本当に男を愛した時の気持ちはどうなんだろうと、

愛する気持ちにあこがれていた。

愛されたいんじゃなくて愛したい。

ウイルソンとの出会いはこんな形であっても
わたしの願いはほんとうに叶った。
それも第二の人生に。
幸せだよ〜。わたしの想いが本当になった！

以前ヨウコはLINEの中で、ウイルソンのことを
"彼は本当に可愛い"と言っていた。
He is really cute！
わたしはまだウイルソンと会ったことがないのに彼を愛し
てる。
ウイルソンと実際会ったヨウコが
ウイルソンを追いかける気持ちが解る。
──ヨウコが彼に執着してるのが心配。

PART 8

2019年9月

ウイルソンは相変わらず住まいを転々としている。

彼は住まいが変わる度、現住所をわたしに知らせてくる。

ウイルソンに、会いに行ってもいいかと聞いたことがある。

彼は、来ない方が良いと言ったり、来て欲しいと言ったり。

来る時は前もって知らせて欲しい。空港まで迎えに行くよ、

とも言う。

ある時YouTubeを見ていたらDr. PaulのYouTubeが現れた。

えっ！

これまでウイルソンがわたしに送ってきた写真は

全部Dr. Paulの写真！

ウイルソンにそのことを聞いたら

僕は Dr. Paul じゃないよ。

だけど今までテルヨに送った写真は全部、僕のだよ。

それから彼は怒ったように、

もう Dr. Paul の YouTube は観るな！

Dr. Paulのことは忘れろ！

　　Brianが言っていた。
　　ウイルソンは人気ドクター。
　　Dr. Paulも人気ドクターとして知られている。
　　Facebookでウイルソンから友達リクエストされた時の
　　彼の写真もDr. Paul。

それ以来、わたしはDr. PaulのYouTubeの画像と
ビデオ電話でのウイルソンの顔、両人の共通点を見ている。

　　Dr. Paulの手の指の親指は両方湾曲している。
　　ウイルソンの親指も湾曲。
　　額の髪のフォームも両人同じ。
　　ヒゲのフォームも両人同じ。
　　目も両人とも大きい。
　　鼻の形も。
　　髪の毛がフサフサしてるところも。
　　両人の接点があるところは両人共ドクター。
　　両人の接点がないところはDr. PaulとWilson Andrew。

名前が違うところ。

Dr. PaulのYouTubeを観てると

Paulはゆとりある生活を楽しんでいる様子。

Paulのガールフレンドたちもゴージャス。いい女。

Dr. Paulはお洒落。服も良いものを着ている。

ウイルソンも着ることが好き。オシャレ。

　もしウイルソンがDr. Paulなら、

　わたしはDr. Paulを愛してる……？

第2章

荷物

PART 9

2019年9月末

ウイルソンから報告がきた。

わたしの住所にシリアから送った彼の荷物の件。

ウイルソンはシリアに自分のパソコンを忘れてきたせいで、

しばらくメールチェックをしていなかった。

この頃になってウイルソンはレンタルパソコンを

借りて使うようになった。

レンタル料金、10日間10ドル。

ウイルソンはシリアを出てから約6ヶ月ぶりに

自分のメールをチェックした。

そして Company（R&X Delivery：シリアの運送会社）か

らの

メールに気がついた。

荷物は2019年4月10日にわたしの所に届いている。

運送業者がウイルソンに送った荷物を届けた通知書と

家の前に置かれた荷物の写真。

ウイルソンはそれをわたしに送ってきた。

写真では確かに荷物は家の前に置かれている。

同じ敷地内の別の家の前に。

荷物が置かれている写真の家は、わたしの家ではない。

番地も違う。

敷地内の家は全部同じ建設会社によって建てられた住宅。

外型はどの家も同じ。

運送者は間違って別の家の前に荷物を置いた。

家の外観の形は同じでもそれぞれの家の番地は違う。

運送業者がわたしの家を見つけられなかった。幸いその家
の人は留守だったようで運送業者は荷物を持って帰った。

ウイルソンが言うにはCompanyは2度、わたしの家に荷
物を届けた。Companyは2度もわたしの家を見つけられ
なかった。

わたしは荷物を届けたという通知はもらってない。

ウイルソンはわたしにCompanyにメールするようにと頼
んできた。テルヨの所に荷物を再発送するように。

　　　ウイルソンによると荷物の出先がウイルソンであって
　　　も、ウイルソンの方からはCompanyに荷物の事でメー

ルしたり、注文は出来ないとのこと。

　　でもCompanyはウイルソンにメールを出す。

わたしは直ちにCompanyに荷物をわたしの家に
再発送するようにメールを出した。

Companyからの返信によると、荷物をわたしの家に届け
てから長く日が経っているので、再運送料金が必要とのこと。

運送料金は6ヶ月の間で最初に振り込んだ$7,860からは
だいぶ値段が上がっていた。Companyは、再運送料金は
$15,000だけど、幾らなら都合をつけられるかとわたしに
聞いてきた。

わたしは最初の料金と同じなら有難いと伝えた。

結局$15,000からは安くなったけど、

それでも$10,500（約109万円）で折り合った。

当然ながら早速この事をウイルソンに知らせた。

彼から電話がきた。

　　電話の向こうで彼はわたしに哀願した。

　　再度運送料金を払ってほしい。

　　荷物は絶対テルヨに受け取って欲しい。

シリアに返されたくない。

わたしはCompanyから指示された口座に$10,500を振り込んだ。でもこの頃にはわたしの銀行からCompanyに振り込む事は難しくなっていた。

支店から送金しても、支店もコンピューターでわたしの口座の状態をチエックすることが出来る。シリアは銀行が閉鎖されているのでCompanyは振込先に他者の口座を指定する。そのような怪しげな口座には銀行から電信振込は出来ない、と拒否された。

わたしは銀行から振り込む事は難しいとCompanyに告げた。CompanyはWalmart to Walmartからの振込をわたしに提案した。

Walmart to Walmartには1日に振り込める最高限度額がある。一回で$10,500を送金するのは不可能。

Companyは1度に運送料金$10,500を振り込んで欲しいとの事で、個人の住所を送金先としてわたしにメールを送ってきた。

パックに現金$10,500を入れて

USPS（アメリカ合衆国郵便公社）を使って、

　　速達、届け先のサイン無しで送金するようにとの指示。

早速インターネットでわたしの家から最も近いUSPSの場
所を調べた。Uber（自動車配車サービス）を使ってそこ
に行き、そのUSPSから運送料入り現金のパックを指示ど
おりのアメリカ国内の住所に送った。
銀行のように金額を表示した送金証明はないので、
送金完了後はUSPSから送金した証明として送った荷物の
Tracking numberをCompanyに送った。
送金先の人がパックを受け取った時、パックの中の金額を
確認してCompanyに報告する手筈になってるとのこと。

翌日Companyから運送料は届け先に届いたと報告がきた。

PART 10

2019年10月

荷物の再運送料金$10,500の支払いは完了した。

ウイルソンの荷物を積んだ貨物船は今アメリカに向かっている。

向かう途中船はモンゴルの国境線にある移民局の通過門に入った。

何と、船が移民局に入った時、荷物が止められた。

移民局は重量70キロある荷物を疑った。荷物を開けないとの条件で、移民局は通過許可費用$48,000（約499万円）の支払いを要求した。

その通過許可費用は荷物の届け先のわたしに請求された。

ウイルソンにこのことを伝えた時、ウイルソンはまたもや電話の向こうで泣いてわたしに哀願した。荷物は絶対テルヨが受け取ってほしい。

Companyはわたしに現金パックの届け先を連絡してきた。届け先は個人宛。再配達運送費を送った時と同じ方法。

そこはニューヨークの個人宛住所。

長い間荷物を移民局に置いておけないとの理由で、Companyは4週間以内に全額$48,000を支払うように指示してきた。送る時は現金をパックに入れて1度につき$10,000を4回、

最後の5回目は$8,000をパックに入れて送った。

ウイルソンとわたしの間で約束したこと。

荷物が届いたら、彼がわたしの所に来るまで荷物をわたしが管理すること。

今までわたしが荷物のために振り込んだ費用の全額を荷物から出してもいいこと。

荷物がわたしの所に届けばウイルソンに会える。

彼の為に送金した全額がわたしに返ってくる。

PART 11

2019年11月

移民局への支払いは、11月初めまでに完了した。

移民局への支払い完了後、直ぐCompanyから報告がきた。

荷物は移民局から最高裁判所に移されたと。移民局は最初から荷物を疑っていた。そして荷物は移民局から裁判所に移された。

Companyの報告によると

　　裁判所は荷物を開けないとの条件で$52,000（約541万円）

　　を荷物引き取り許可費として裁判所に支払う事を要求している。支払わない時は、荷物はシリアの政府に送られる。

この時わたしは荷物の受け取りは諦めようと思った。

次から次に荷物にかかる大金の支払い費用の要求に負担を感じた。何でウイルソンの荷物を受け取るのに大金を要求されるのか。

Companyに荷物を引き取るのを諦めたと告げた。

ウイルソンにも荷物の受け取りを諦めた事を伝えた。

またもやウイルソンは電話の向こうで泣いてわたしに哀願する。

ウイルソンにとって荷物は命。

この時改めて荷物の中身は何なのかをウイルソンに聞いた。

最初に彼から聞いていた荷物の中身は、彼のドクター記録書、貴金属、沢山の本、アメリカ紙幣の現金。

彼は改めて荷物の中身をわたしに告げた。

現金はアメリカ紙幣で$700,000以上入っている。

それと親から受け継いだ財産目録も荷物の中に入っている。

　　彼はさらに続けた。

　　絶対、荷物はシリアに返されたくない！

　　娘のAliceはまだ小さい。Aliceの為にも絶対テルヨに

　　荷物を受け取って欲しい。

　　テルヨに絶対返済する。

　　僕は貧乏人じゃない。

テルヨ、Aliceと３人で暮らしてみんなで幸せになろう！

彼は電話の向こうで号泣している。
またわたしは彼の哀願にほだされた。
荷物はわたしの所に絶対届くという彼の言葉を汲み取った。
裁判所に荷物引き取り許可費用$52,000（約541万円）を
支払う事にした。

Companyは移民局の時と同じ個人宛の届け先を
わたしに送ってきた。
この時もCompanyから送られてきた届け先は
ニューヨークの個人宛住所。
移民局の時と同じように、$52,000を
数回に分けてUSPSから送った。

PART 12

2019年12月

もうすこしで2019年も終わりになる。

　　この頃わたしは

　　新しい年になったらウイルソンとの関わりを吹っ切ろう。

　　自分の為に時間を費やして余生を楽しんでいこう。

　　この先もウイルソンとの交流はお金だけの繋がり。

　　この先もわたしは彼にとって都合の良い女でしかない。

　　会ったこともない男のためにあれこれ思い悩むのは

　　もうたくさん。ウイルソンを吹っ切らなければ。

　　そう思っていた。

でも

いくらウイルソンを吹っ切ろうと思っても

LINEでの彼との会話は今ではわたしの生活の一部。

今さらウイルソンを吹っ切る事は出来ない。

彼はよく病気するので、彼が数日LINEに来ない時は

彼の身に何か起きたのか心配になる。

たった数日でも彼からLINEが来ない間は、彼を恋しく感

じる。

　「乗りかかった船後には戻れない」とはこのこと。

移民局、裁判所への荷物にかかった支払い手続きは

全て Company をとおして行われた。

Company から報告がきた。

裁判所への荷物引き取り許可費用 $52,000 の支払いは完了

した。

裁判所は荷物の引き取りを許可してくれた。

裁判所からフロンベルクに確認書にサインするようにと指

示があった。

フロンベルクのサインを裁判所は必要としている。

今からその書類を送る。

サインはコンピューターから直接書きこんで、その書類を

Company にメールで送り返してくれればいい、と。

わたしは Company の指示どおりその書類に

自分のサインをして Company に返信した。

その後になって、そのサインは何の為のものなのかを

Company はわたしに説明した。

Companyの説明によると、

今、荷物の所有者はフロンベルク。

サインした時点から荷物の所有者はわたしに変わった。

Companyの説明は続く。

元の荷物の持ち主がウイルソンであっても

ウイルソンは荷物所有者としての権利は無くなった。

ウイルソンは荷物を自分で受け取ることは出来ない。

もしウイルソンが自分で荷物を引き取る場合は

莫大な費用が要る。

まずウイルソンが自分で荷物を引き取るのは不可能。

早速わたしはその事をウイルソンに報告した。

ウイルソンはすでに分かっていた様子。

荷物の所有者はテルヨ。

Companyからの要求はテルヨが受けなければならない。

荷物にかかる必要な費用は全て所有者のテルヨが払う。

Companyはシリアの荷物運送会社。

メールから得られたCompanyの情報は以下のとおり。

会社名:R&X Delivery Service Company

本拠地：Syria in Egypt

支社　：The United Kingdom in Europe

支社が英国でも、振込の個人宛先の住所はニューヨーク。

これからも Company との交渉が続くのだろうか。

第3章

メキシコ国境警察

PART 13

2019年12月

裁判所への全額$52,000を支払い終えた後、Companyは
これからアメリカのフロンベルクの住所に荷物を配達する
と伝えてきた。

　　電話は繋がるようにしておいてほしい。

　　フロンベルクの住所に着いたら電話する。

そんな時Companyから知らせが来た。

荷物は今メキシコ国境線に着いたとの事。

そして、Companyは荷物に問題が起きた事を知らせてきた。

……次から次だ！

荷物はメキシコ国境警察に止められた！

メキシコ国境警察は通過許可費用、$26,000（約270万円）

要求している。国境線だから通過許可費用は絶対必要。

わたしは荷物の受け取りを諦める事をCompanyに告げた。

Companyはわたしをなだめるように言った。

　　これまで荷物の為にフロンベルクが支払った大金は冗
　　談だったの？ここで支払いをやめたら全財産失う事に

なるよ。

荷物はフロンベルクの物なんだよ。

Companyは更に言った。

我々Companyはフロンベルクの所に荷物を届けたくて
これまでベストを尽くしてきた。

移民局まで何回も足を運んで支払いに駆け回り、
裁判所の手続きにも駆け回った。

我々はフロンベルクのウイルソンに対する姿勢を見て
きてる。

フロンベルクはウイルソンに対して誠実だった。

考え直した方がいいよ。

わたしは返事をしなかった。

それからしばらくの間Companyからのメールは途切れた。

わたしがメキシコ警察への通過許可費の支払いを諦めたと
思ったのだろうか。

それから間もなくCompanyから報告が来た。

サカシタ　ヨウコからCompanyにメールが来たとの事。

サカシタ　ヨウコはメキシコ国境通過料金をCompanyに

近いうちに送ってくる。

フロンベルクの荷物の所有権はサカシタ　ヨウコに譲渡する。今からフロンベルクにその書類を送るからフロンベルクのサインを記入して我々Companyに送り返してほしい。

更にCompanyはわたしに告げた。

ウイルソンもサカシタ　ヨウコに荷物の権利を譲渡する事には同意している、と。

早速ウイルソンにこの事を尋ねた。

彼いわく

　　テルヨが支払いを諦めたと

　　Companyが僕にメールしてきた。

　　それならサカシタに頼むしか方法が無い。常識だろう。

　　荷物は絶対シリアに返してほしくない。

ウイルソンは続けた。

　　結局テルヨは僕を完全には助けてくれなかった。

　　荷物がサカシタの所に届いたら、僕はサカシタの所に

　　荷物を取りに行って、彼女が支払ったお金を返済する

　　つもりだ。

ウイルソンは荷物を自分の手に出来るのなら、

サカシタに権利を譲渡してもいいと思った。

──わたしが荷物の引き取りを諦めたのだから。

わたしは荷物を譲渡する事にサインした。

結局ウイルソンはサカシタ　ヨウコに荷物を委ねた。

──ウイルソンはヨウコとわたしの間を渡っている。

数日後Companyからメールが来た。

Companyいわく、荷物の所有権をサカシタ　ヨウコに移すためには$125,000（約1300万円）の費用が必要。サカシタに権利取得費用$125,000を要求した。

翌日、Companyはサカシタ　ヨウコからの報告を知らせてきた。

サカシタ　ヨウコは$125,000の支払い能力がなくて荷物の所有権を諦めた。

サカシタ　ヨウコはメキシコ通過許可費用$26,000（約270万円）で荷物が自分の所に届くと勘違いしてた様子。

ウイルソンはヨウコに荷物所有権獲得の支払い能力がないと

知ってがっかりした。

ウイルソンはわたしの所に戻ってきた。

そしてわたしに哀願する。

　　荷物はテルヨが受け取ってくれ！

　　絶対返済する。

　　荷物はテルヨの所に届く。

ずっとウイルソンから聞かされているのは、ヨウコがウイルソンがベルリンに移ってからも連日メールを送り続けている事。

彼女は連日メールでウイルソンに、

イスタンブールに戻って来てほしいと訴えている。

お金をあげるからわたしと一緒に暮らして欲しい、と。

ヨウコがメキシコ警察への通過許可費の支払いを申し出た事もあって、ウイルソンはヨウコをお金持ちだと思っていた。

ウイルソンはヨウコが荷物の所有者になると思って安心したのか、わたしに強気の態度を表した。

ヨウコとわたしを比較する言葉をわたしに浴びせた。

　　ヨウコはお金持ち。一人で大きな家に住んでいる。

　　僕の事をテルヨなんかよりずっと尊重してくれている。

僕はこれからヨウコに頼るよ。

──彼の変わり様に驚いた。

そしてその直後、ウイルソンはわたしの所に戻ってきた。
また荷物の引き取りをわたしに哀願する。

PART 14

2020年2月

未だにウイルソンの身分証明書をわたしは手にしてない。

最初にウイルソンから送られてきた修正された免許証以外は。

この頃になってわたしはCompanyに、ウイルソンの事、

まだウイルソンの身分証明書も手にしてない事を話した。

ウイルソンがシリアにいた時、

彼の荷物をわたし宛に送る事でわたしの住所を聞いてきた日、

彼は自身の運転免許証をわたし宛に送ってきた。

その免許証はカリフォルニア州で発行されているかのように

修正されていた。

　　カリフォルニアで発行されている免許証は水色。

　　彼から送られてきた免許証の色はグレー。

　　そして彼の免許証の住所欄の枠の中には、

　　ビバリーヒルズと記されている。

　　本来その枠には本人の現住所が記される。

さらにわたしはCompanyに、ウイルソンとは実際はまだ

会っていない事を話した。Facebookでウイルソンから友達リクエストされて以来のLINEだけの交流。
ウイルソンの現実の様子はわたしには全く見えない事を。

Companyはわたしに言った。
ウイルソンはCompany宛に、彼自身の証明書の代わりに彼の亡きお父さんのID（身分証明書）を送ってきている、と。
Companyは彼のお父さんのIDをわたしに送ってきた。
Companyいわく

　　ウイルソンは確かな人だよ。

　　ウイルソンはお金持ち。

　　ウイルソンは人気ドクターだよ

　　Wilson is well popular doctor.

　　荷物の受け取りは諦めないほうがいいよ。

数日後CompanyはウイルソンのID（身分証明書）を見つけたと報告をしてきた。荷物の外側のポケットにウイルソンのIDと指輪が入っていたとの事。

CompanyはウイルソンのIDをわたしに送ってきた。

わたしは今、ウイルソンのIDと彼の亡きお父さんのIDを
保存している。それだけはずっと大切に保管しよう。

結局ウイルソンはヨウコがメキシコ警察への支払い能力が
ない事を知ってわたしの所に戻ってきた。
彼は連日電話の向こうで泣いて、わたしにメキシコ警察へ
の支払いを哀願する。
　　ここまで乗ってきた船。
　　彼を助けてやろう。
わたしはまたもや彼にほだされた……バカだなぁ。

荷物の為にかかる費用の支払いはまた、今、始まった。
メキシコ警察への送金の仕方は
移民局や裁判所の時と同じ現金パック。
Companyから送られてきた届け先は
ニューヨークの個人宛住所。
指定された宛先に各1回ごとに$6,500を
4回に分けて（合計約270万円）送った。

Companyの指示によると

使う箱はギフト用の小さ目の箱が
いいとの事。

　　パック作りしている間はほのかに快感を感じる。

　　──ウイルソンの為にしている。

PART 15

2020年7月

メキシコ国境警察への支払いが全完了するまでの期間は長かった。2019年10月初めから移民局への支払いが始まり、そしてメキシコ国境警察への支払いが完了したのは2020年7月。

事が上手く運んでいたら2019年末には全ての支払いは完了していたはず。でもメキシコ国境警察への支払い期間はコロナ拡大のピークだった。

そんな中Companyから連絡がきた。

コロナのせいで配達が難しい。今はお金を送らなくていい。時期が来たらまたフロンベルクにメールで知らせる、との事。これでしばらくは送金の為に時間を費やす事がなくなった。そのお陰で自分のために費やす時間が出来た。

送金中はCompanyからの指示どおり、
いろいろな手段で送金した。
UPS、USPS、Walmart、Money Gram office。

ロサンゼルスは広い。

送金手段が変わる度に、インターネットで調べて

家から近い取扱所を探した。

行く時はUber、電車、バスのいずれかで。

送金先に連絡出来なくて、配送が届いているのか確認でき

ない時も多々あった。その度、荷物を送った取扱所に荷物

の配達状況を聞くため足を運んだ。

ウイルソンと知り合ってからは

自分の為に時間を費やす事はなかった。

イベントの練習にも行かなかった。

それに代わるわたしの満足感と言えば、

ウイルソンとLINEで話が出来ること。

いつも彼はわたしと一緒。

ウイルソンとのLINEは日課。

ウイルソンは住まいを相変わらず転々としている。

安ホテルから通常値段のホテルまで。

シリアを出てからのウイルソンは無一文。

アメリカ大使館にも行けない状況の中にいる。

平穏な日常の中で生きているとは言えない。

わたしは彼が必要な食費、ホテル費用、彼が病気になった時の治療費の保証金、薬代、交通費など振り込み続けている。

ある時1ヶ月間くらいウイルソンからお金の催促がなかった。

今彼は通常料金のホテルに宿泊してるはずなのに。

わたしにすれば彼への負担が少なくなってありがたいけれど、ひょっとして……？

思ったとおり。

ウイルソンはヨウコからも助けられてる。

ウイルソンが言うには、テルヨに恐縮してた、テルヨの負担を少し減らそうと。それでヨウコにホテル代を振り込んでもらっている。

ヨウコも今もなおウイルソンを追いかけ回している。

ウイルソンを自分の手にすることがヨウコの狙い。

ウイルソンへの執着はLINEをとおしての彼の話からも充分伝わってくる。相変わらずヨウコから連日メールが来るそう。

ウイルソンの心はヨウコから逃げているのに、

結局メールで彼女と繋がっている。

——ウイルソンの立場なら助っ人は必要。相手が誰であっても。

ヨウコは連日メールで、ウイルソンがいるベルリンに
これから行ってもいいかと聞くらしい。

当然彼女はウイルソンの宿泊住所を知っている。

ウイルソンはヨウコのメールの返答に、コロナが収まった
頃ならいいよ、とはぐらかしているらしい。

感染するかもしれないし。

ウイルソンもヨウコの目的を分かっている。

何でヨウコはしきりにウイルソンのいる所に行きたいとメー
ルを送るのか——ふつうに考えれば分かるよね。

PART 16

ウイルソンとCompanyへの送金のこと。

彼がイスタンブールにいた頃は、彼が必要とするお金はわたしの銀行から振り込んだ。

ある時から銀行はわたしが立て続けに大金を振り込んでいることを知って、わたしの振込に対して質問してきた。

　　振込は誰にするんですか？

　　その目的は何ですか？

銀行はウイルソンへの振込を拒否した。

わたしは別の支店から振り込むことにした。

運がよければ応対してくれる。銀行員はわたしに質問はしない。

振込を承諾してもらえる。

銀行からウイルソンへの振込が不可能になった後、

次にウイルソンが見つけたのはWalmart to Walmart。

ここには人に自分の口座を貸して商売にしている人がいる。

振込先の口座番号として使われるのは

振込先の口座貸主の住所と名前。

Walmart to Walmartでは1日に振り込める最高限度額は$2,500（日本円で約26万円）。しばらくWalmart to Walmartを使った彼への振込は続いた。

ある時彼は口座の貸主から条件を出されたらしい。

貸主は1回の振込は最高限度額の$2,500にしてほしいとのこと。それ以下の金額はWalmartまで確認に行くのはめんどくさいし、貰う手数料も少ない。

そしてウイルソンが見つけた次の彼への送金の仕方は、AppleのiTunesカード。彼はAppleのカード式iPhoneを使っている。iTunesは絶対必要。

iTunesカードの裏をスクラッチすると番号が出てくる。

その番号を写真に撮って彼にLINEで送る。

彼はその番号をセットして自分のiPhoneに入れる。

セットしない未使用のカードはAppleストアーで買い取ってくれる。カードを売った現金を彼は食費に充てる。

——よくいろいろ振り込み方法が思いつくよね、ウイルソンは。

Companyへの送金は4週間以内で支払いを全額終わらせる

必要があったので、短期間に高額を引き出した。

ある時から銀行の窓口でお金を引き出そうとする度、

銀行員は質問をして来た。

どこに送金するんですか？　何の為に使うのですか？

結果、それ以来ATMを使うようになった。

ATMは毎日開いている。

一日に引き出せる最高額を毎日ATMで引き出した。

それでも銀行と銀行クレジットカード会社から、

わたしに電話が来るようになった。

　　ATMから一日の最高額が毎日引き出されている。

　　使いみちは何ですか？

　　そして続けた。

　　これからもこんな事が続けばカードを閉じますよ！

銀行側も銀行クレジットカード会社もわたしを心配しての事。

世の中、詐欺師が多くなってる事を銀行側は知っている。

変だと感じた時は即、忠告の電話をしてくる。

ATMを閉じられたらどうやってCompanyに振り込んだら

いいんだろう。

ATMからの引き出しが難しい事をCompanyに告げた。

Companyはこっちの都合なんて聞く耳は持たない。

Companyからの返事は、ロサンゼルスには支店がたくさんある。支店から引き出して振り込めばいいとの指示だけ。

言われるまでもなくこれまであちこちの支店回りをしてきた。

そしてCompanyは移民局への振込以降は個人宛の送金住所を送ってきた。

Companyの指示は現金をパックして送る事。

届け先のサインは無しで。

ギフトボックスが良い。

小さ目の箱に現金を入れてパックするのが良い。

郵便局のスタッフによると、

サイン無しの場合は危険度が高いとのこと。

配送スタッフによっては、届け先に誰もいない場合

パックをドア前に置いていく。

誰かに盗まれてもわからない。

PART 17

この間のウイルソンとのエピソード

ウイルソンに送金したお金が彼に届かなかった時、

よくウイルソンと喧嘩した。

荷物の事でも喧嘩した。

特に所有者がわたしになったあたりから、ウイルソンはわたしに疑いの言葉を浴びせた。わたしに絡んだ。なぜなら荷物は所有者の物だから。所有者は荷物を独占する権利がある。

ウイルソンは荷物の事を心配し過ぎてよく病気になる。

彼は体力が弱っているけれど、充分な治療を受けるだけのお金が無い。

ましてウイルソンは異国にいる。異国で病気になった時は医療費は高くつく。

ウイルソンは自分の本音をわたしによくぶつけてくる。

ウイルソンは困難の中に長く置かれてるせいか、

彼の頭の中はそうとう混乱している。

時に彼は思いきりわたしに本音をぶつける。

　　荷物がテルヨの所に届いたら、

　　荷物を盗むつもりだろう！

　　僕の為、Aliceの為に荷物を保管してくれるつもりは

　　ないんだろう！

　　僕がテルヨに返済しないと思ってるんだろう！

ウイルソンとわたしは荷物の事では約束をしている。

わたしは荷物が届いたらウイルソンとAliceの為に荷物を

保管する。これまで振り込んだお金は荷物から出して使っ

ていいと、彼は提案してくれた。

ウイルソンがもし荷物が届く前に死んだ時は、わたしは

Aliceの世話をする。わたしは本気でAliceを引き取って自

分の実の娘のように世話をしようと思った。

Aliceを大学に入れる事も考えた。

　４月半ばのことだった。

ウイルソンは自分の病気を訴えてきた。

その訴えは切実だった。

　　１週間前から身体全身が熱い！　心臓も早く打って

る！

　夜は身体全体が寒い！　ベッドから動けない！

　これが僕の最期だろう。祈ってくれ！

　僕が死なないように。

更に訴える。

　荷物は全部テルヨの物にしてくれ。Aliceの世話を頼む！

　この世でテルヨに逢えないのが残念。あの世で逢おう。

わたしは号泣した。

今すぐ彼の所に飛んで行って彼を腕の中で抱きしめてやり

たい。

わたしは彼に救急車をホテルの人に呼んでもらうように訴

えた。

彼が言うには少しでも治療費の保証金を持って病院に行き

たい。

わたしは即、数百ドルを治療費として送った。そして、言った。

　治療費が届く前に今すぐ病院に行った方がいい！

　わたしを女房に仕立ててくれればいい。

　女房から治療費が届くと伝えて治療を先にしてもらって！

翌日ウイルソンからLINEは来なかった。

──あの世に召されたと思った。号泣した。

何と、ウイルソンからLINEが来た。2日後に。

彼は今病院を出たと告げてきた。今からホテルに戻ると。

ほっとした。

彼からLINEが来るまでの間、ずっと泣いていた。

彼と喧嘩する事があっても、

やっぱりウイルソンのことが好き！

PART 18

コロナ感染防止のための自粛生活も長くなった。

いっときはマスク作りにはまった。マスクはもう充分にある。

なお続いているのはビデオエクササイズ。

汗を流すことはほんとうに気持ちが良い。

コロナ前まではジム通いをしていた。

日本にいた昔からジム通いは生活の一部。

今はコロナの為ジムは閉まっているけれど、ある時から徐徐に

自分に無理のないように軽めの運動をしていた。

この自粛生活によって家で食べることが多くなった。

近場のマーケットに行って自分の好きなものを買って

自分の好きなように作って食べている——幸せ。

特に出かける所もないし服を新調することもない。

感染予防から人に会うこともないし人も尋ねても来ない。

１人暮らしでいると時には不安と寂しさに駆られる。

ひょっとして部屋で孤独死……?

こんな時いっそうウイルソンとのLINEで救われる。

彼も同じことを言う。

不自由な状況の中に置かれている彼も寂しく虚しい気持ち
でいるのが解る。

いつコロナが終結するのやら……全く先が見えない。
今はパスポートを用意してくれる事務所はコロナの為閉鎖
している。ウイルソンはコロナが終結したらパスポートを
入手出来ると言っている。
今のウイルソンはまずパスポートを取ることが先。

アメリカからヨーロッパ行きの飛行機便が解禁されたら、
真っ先にウイルソンの所に飛んで行こう。

PART 19

残念なことにコロナの影響で今年中止になったイベントがある。

ロサンゼルス、リトル東京で毎年 8 月に開催される恒例の日系祭り「二世ウイーク」。

ある時代、日本から多くの日本人がアメリカに移住して来た。その二世達に敬意を表す為の記念のお祭り。

パレードに登場するのは日系人のロサンゼルス市長をはじめ、日系のミスロサンゼルス達、いくつかのグループに属する日本チーム団。

リトル東京の街の 5 ブロックの距離をパレードする。

幸運なことにわたしは2014－2019年まで自分のチームと共にこのパレードに出場する機会に恵まれた。感謝！

そしてもうひとつイベントが中止になったのはハリウッドイベント。毎年11月の終わりから12月初めのある日曜日に開催される86年間の歴史がある恒例の「ハリウッド・クリスマス・パレード」。

このパレードには2015－2019年まで、わたしは日本チー

ムと共に出場の機会に恵まれた。

このパレードのスタート地点はレッドカーペット。

ハリウッドブルーバード（Hollywood Blvd）の3.3マイルの距離を行進する。

年が変わるたびにグランドマーシャルとしてパレードのトップを飾るスターが新たに登場する。

レッドカーペットの踏み心地の良さに加えて、周りで観ているセレブ達、著名人達、選ばれたアメリカ兵士達の中をパフォーマンスして通り過ぎる！

この素晴しい歴史あるハリウッドパレードに、パフォーマーとしてわたしは日本チームと共に出場の機会に恵まれた。感謝！

因みに昨年のこのイベントの時にもいつもながらウイルソンはLINEに来た。

タイミングよく彼は日本チームの出番がもうすぐという時にLINEに入ってきた。

わたしはイベントの様子を写真に撮って彼に送った。

彼とのLINEは日課になっているので、たまたまこの時彼はLINEに来たんだろう。

LINE は他国にいる人ともいつでもすぐ繋がる便利な代物。
彼も、いつでも、わたしがロサンゼルスにいても東京にいても LINE に入ってくる。
——funny！

第4章

US Navy Police

PART 20

2020年7月

Companyからメールが来た。

メキシコ境界線警察への支払いは全額完了した。

アメリカ合衆国への通行許可が認められた。

これから荷物はアメリカ合衆国に向かう。

24時間以内にアメリカに到着する日にちをフロンベルクに

知らせる。メールのチエックをしてほしい。

もうすぐ荷物はわたしに届く――ウイルソンにもすぐ会える。

翌日Companyからメールが来た。

わたしは荷物がアメリカに着いたか、と喜んだ。

Companyからのその知らせに衝撃を受けた！

Companyの知らせでは、今荷物はアメリカNashville City

in Tennessee、テネシー州の境界線に着いた。

境界線のUS Navy Policeに荷物は止められた。

Navy Policeは通過を許可してくれない。

通過許可代金 $30,000（約312万円）の支払いを命じられた。

コロナの為に荷物の積み下ろしをする際の荷物のクリーニ

ング代$15,000、通過許可代金$15,000。合計$30,000。

Companyはわたしに US Navy Police への通過許可費用を
要求した。
Companyは以前の支払いの時と同じようにわたしに告げる。
支払い不可能な場合は荷物はシリアに返す。
少しずつでいいから支払ってくれればいいと、
以前の支払いの時と同じように告げてくる。

少しずつと言っても、支払い完了は4週間以内の条件。
長期にわたる一般の支払いとは全く訳が違う。
──短期間で大金を支払う余裕なんかわたしにはないよ。
もうこれまで充分、荷物にかかった高額なお金をウイルソ
ンの為に支払っている。
Companyはお金の届け先をわたしに送ってきた。
移民局、裁判所、メキシコ境界線警察への送金方法と同じ
ように個人宛の住所を。

早速この事をウイルソンに報告した。
彼はいつもながら電話の向こうで泣いている。

そしてわたしに哀願する。

　荷物はアメリカに着いてるんだし、

　もう他の支払いは要求されないよ。

　US Navy Policeへの支払いが最後だよ！

　I believe the Navy's payment is the last payment.

　荷物は絶対テルヨの所に届く。

　荷物からお金を取り出してくれればいい。

　これまでテルヨが振り込んだ全額を絶対テルヨに返済

　する。

US Navy Policeのこの通過許可代金の事で

わたしはウイルソンに約束させた。

CompanyがNavy Police以外の支払いを要求してきた場合、

わたしは絶対払わない事を。

わたしはNavy Policeの通行許可代金 $30,000は支払う事

にした。わたしも Navy Policeへの支払いが最後だと思った。

荷物はアメリカに着いているんだし。

もう他に要求される事は無いと思った。

US Navy Policeへの送金が今からまた続く。

これまでと同じように現金を箱にパックしてCompanyから送られてきた個人宛の住所に送った。送り先はテキサス。1回に$6,000ずつ、5回に分けて$30,000を送る。Campanyの指示どおり4週間以内で終わらせたい。でも4週間では事は進まないだろう。コロナの為かどうかパックが届け先に着かない事があった。そのつどパックを送った郵便局に行って確認した。郵便局のスタッフいわく、コロナの為届け先に予定どおり届かないこともあるとのこと。届け先に連絡が取れず、ひと月半かかってパックがわたしの所に送り戻された事もあった。

PART 21

ウイルソンとわたしのエピソード

ウイルソンは日本女性が好き。

彼の亡くなった奥さんは日本女性。

Facebookで彼が友達リクエストした相手は日本人のわたし。

彼はお米が好き。

たまに行くレストランでの彼のオーダーはたいてい

ライス＆チキン。

彼はオーダーした写真をわたしに送ってくる。

彼が最も憧れているのは家庭料理。

わたしもその日の手作り料理の写真を彼に送る。

食べることの話ではお互いに盛り上がる。

２人が最も気が合う時。

　　　テルヨと一緒に暮らしたら

　　　毎日テルヨの家庭料理が食べられるね。

子供のようにウキウキしてる様子が伝わる。

ウイルソンはダンスが好き。

部屋にいる時はブレイクダンスをしているとのこと。

ウイルソンは読書が好き。

部屋にいる時は読書とブレイクダンスをしているとのこと。

ちなみにわたしもダンスが好き。

YouTubeの中のDr. Paulもブレイクダンスを披露している。

Paul自身がブレイクダンスをしながら写真を撮っている。

　　ウイルソンとDr. Paulとの共通点は多々ある。

ウイルソンとわたしの間でもお互いの共通点が多々ある。

ダンスが好きなこと。食べ物の好みが似てること。

ときに何も言わなくてもお互いの考えが通じ合える。

同時期に同じ経験をした事もあった。

2020年4月半ば、ウイルソンが1週間もの間、

高熱を出して死にかかった。

同時期わたしも数日間身体全身高熱に襲われた。

咳と一緒に。

コロナ……かと、不安になった。

電話で救急車を呼んだ。

電話の向こうの救急隊の応答は、

熱だけでは救急車は行かない。

呼吸困難になった時救急車は行く。とにかく家にいるように。

わたしは直接病院に行った。

医師はわたしの唾液を採って、PCR検査をしてくれた。

結果がわかるのは1週間後。

結果は陰性だった。

風邪との事で、医師は解熱剤と咳止めを処方してくれた。

PART 22

ウイルソンがイスタンブールに逃げて来た時、
Brianから借りた$3,000の返済期限が過ぎている事から
Brianはウイルソンを訴えた。ウイルソンは逮捕された。

ウイルソンが留置されている時の事
ウイルソンは留置所内に入っていた時の自分の写真を
わたしに2枚送ってきた。
1枚の写真は両手を後ろに回され手錠をかけられて、
留置所内に入って行く彼の後姿。
もう1枚の写真は監視官が留置所内を外から覗いてる写真。

　ウイルソンは言った。
　僕は監視官が見張っている留置所に入ってる。
　逮捕された時警察に取り上げられた携帯は、テルヲと
　話す時と返金の事でBrianから連絡が入った時、警察
　官が僕の所に持ってきてくれる。その時だけ使える。
　でもまたすぐ取り上げられる。

見るに耐え難いその写真をわたしはすぐに消した。

……涙が出た。

後になって考えれば

そんな留置所内の様子を写真に撮れるかな。

誰が彼の写真を撮ったのかは解らないし、普通は考えられ
ない。

Brianが言ってたように、

Companyが言ってたように、

ウイルソンは人気ドクター。

ヨウコが言っていたウイルソンと彼女が出会ったいきさつ。

わたしにはそれは本当だと思える。

ウイルソンとは何回もビデオ電話でお互いに顔を見ている。

ウイルソンも言う。

　　僕が詐欺師ならいつまでもテルヨにしがみ付いてないよ。

　　荷物の事を心配し過ぎて病気にもならないよ。

　　ビデオでテルヨは僕の顔を見ているし。

——それは確かなこと。

そんなこともあって一層、
Dr. PaulのYouTubeを観るようになった。
Dr. PaulはYouTubeでコロナの話題に触れている。
Dr. Paulはウイルソンのような困難な状況とは
ほど遠い位置にいる。

ウイルソンは、僕はDr. Paulじゃないと言っている。
ではなぜ彼から送られてくる写真はDr. Paulの写真なの？
ビデオでもウイルソンの顔はDr. Paulと同じ。

この不思議な物語は
　　狐がお膳立てしてわたしを踊らせているの……？
　　　　踊ってやるよ〜。

PART 23

ウイルソンとわたしの間で決めていること。

荷物がわたしに届いた時、わたしは荷物からお金を出す。

そしてウイルソンがアメリカ行き航空券を買うお金を彼に送る。

わたしがこれまで荷物の為、彼の為に送金したお金は荷物から出せばいいとのこと。

ウイルソンはまだパスポートを入手してない。

コロナのせいでパスポートを準備する事務所は閉鎖している。

最近ウイルソンの要望は変わった。

もしコロナのせいでパスポートがすぐ取れなかったら、プライベートジェットでアメリカに行く。プライベートジェットならパスポートは要らない。ウイルソンが言うプライベートジェット費用は $6,800(約71万円)

　　ウイルソンは続けた。

　　荷物の中には充分お金は入っている。

　　もしプライベートジェットでアメリカに行く事になっ

たら荷物からお金を出して僕に代金を送って欲しい。

プライベートジェットの費用は高いから

もう少しその事を考えてみるよ。

これからプライベートジェットの会社に連絡して

詳しい事を問い合わせてみる。

ちなみに

YouTubeの中のDr. Paulもプライベートジェットに

乗っているシーンがある。

ウイルソンがプライベートジェットでアメリカに行くという

発想は、Dr. Paulの豪遊ぶりと同じ。

ウイルソンは言う。

少しでも早くテルヨのいるカリフォルニアに行きたい。

僕の荷物は絶対受けとって僕と娘のAliceの為に管理

して欲しい。

彼はなおも続ける。

僕はテルヨに大事な自分のすべてを預けた。

テルヨは僕の女房だから。

テルヨは長い間僕を助けてくれている。

　　僕はテルヨがいなければ何も出来ない。

　　僕は薄情な男じゃない。

　　僕は一生テルヨの世話をする。

　　年令の差なんか気にしないよ。

　　神がテルヨと僕を引き合わせたんだから。

……よく並べるよ〜、女泣かせ……。

いや、わたし泣かせの言葉を。

そんな言葉でわたしもウイルソンの手の内に

入れられちゃったんだろうね……。

PART 24

ウイルソンは以前わたしに告白した。

彼はわたしの為に指輪を用意している。

彼はよく指輪のことに触れた。

　　荷物の中にテルヲに用意した指輪が入ってる。

　　サイズは17。大きい？

　　結婚しよう！

荷物の外側のポケットにはウイルソンのID（身分証明書）と指輪が入っていた。

CompanyはウイルソンのIDをわたしに送ってきた。

わたしはCompanyにウイルソンとの事を伝えている。

ウイルソンとは実際会ったことがないし彼に関しての情報は全く解らない事を。わたしはウイルソンの奥さんじゃない事も。

それでもCompanyはウイルソンのIDをわたしに送ってきた。

ウイルソンはCompanyにテルヲは僕の女房だと伝えたらしい。

Companyからのメールには"旦那さんのウイルソンの荷物は我々Companyが安全に保管している"と書いてあった。

ビデオ電話の中でもウイルソンは
わたしの顔を見てプロポーズした。

　　　テルヨに会った時、

　　　テルヨにサプライズする事がある。

　　　結婚しよう！

これまでたび重なるCompanyからの荷物にかかる
高額支払いの要求で、何度も荷物の引き取りを諦めた。
そんな時、ウイルソンは言う。

　　　テルヨに用意した指輪は無駄になるのか。

　　　僕の気持ちを踏みにじるの？

　　　高価な指輪だよ。

わたしなりに自分が出来る限り彼の為にベストを尽くしたい。
助けたい──いつもそう思ってる。
ウイルソンの友達でも彼を助けられなかった。

BrianもMikeも。

Brianは$3,000の未返済でウイルソンを訴えた。

Brianはかつてウイルソンの友達で

仕事仲間であったにもかかわらず。

ウイルソンを助けるにも荷物を受け取るにも大金が要る。

どうしてそれを負担するのはわたしなの？

ウイルソンはまだわたしにとっては見知らぬ人。

ウイルソンはこっちの都合なんて考えない。

わたしへの彼の要望は荷物を受け取ってほしい事と彼への

送金。

荷物にかかる必要な費用はすべてわたしに被せられる。

その頃のわたしは度重なる荷物の為の高額送金要求から

ストレスがピークだった。

ウイルソンから聞かされる指輪の話より

荷物への高額な要求からくる

自分のストレスの方が勝っていた。

彼を愛している反面、わたしのエネルギーも失せていた。

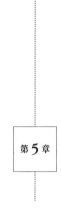

第5章

学費問題

PART 25

2020年8月4日

Campanyからメールが来た。

US Navy Policeへの通過料金$30,000が完了した知らせかと思った。メールの内容に驚いた！

Companyからのメールの内容は、AliceからCompanyにメールが届いたとの事。

Aliceはカリフォルニアのフロンベルクの所に荷物を届けることをストップしてほしいとのこと。

Aliceは言う。

> フロンベルクは家の財産（荷物の中に入れられてるもの）を盗む。
>
> お父さんに死んで欲しいと思っている。
>
> フロンベルクは悪い女。
>
> 信用できない。

──わたしへの悪口を並べ立てた。

そして彼女は主張する。

荷物を受け取るならば、未払いになっているプライベートスクールへのAliceの学費$82,900（約862万円）を支払えと。

そのCompanyからのメールの知らせが来たのは、よりに
よってNavy Policeへの通過料金の支払いが完了した時。
わたしが支払い完了するのを待っていたかの様に。
──驚いた！

荷物の所有者がわたしになった事でAliceはわたしを疑った。
なぜなら所有者は荷物を独占出来るから。
わたしは荷物を独占しようなんて考えたこともない。
荷物を手に入れるためにわたしは身銭を切ってきたわけで
はない。すべてはCompanyの指示による事。
裁判所への支払いが完了したら、荷物の所有者がわたしに
なる。
そんな決まりがあるなんてわたしが知るわけがない。
裁判所の支払いを完了した時、Companyはわたしのサイ
ンが必要だと言った。フロンベルクのサインをしてまた送
り返すようにと書類を送ってきた。
そこでわたしはその書類にサインしただけのこと。

　　　今回のCompanyの説明によると

荷物の名義人としてAliceとウイルソンの亡くなった

　　父親の名前が記載されている。

　　フロンベルクはウイルソンの婚約者として記されてる。

　　Aliceの名前が記載されてる以上はAliceの要求に

　　応えなければならない。

　　10才のAliceには学費$82,900の支払い能力はない。

　　支払い能力があるのはフロンベルクだけ。

はじめてCompanyからこのことを知らされた。

それまでCompanyは言ってきた。

　　荷物はフロンベルクの物だよ。

　　だから荷物を受け取った方がいいよ。

Companyは各地点の支払い完了の度にわたしに告げる。

移民局の支払いが完了したら荷物はフロンベルクの所に届

ける。

裁判所の支払いが完了したらフロンベルクの所に荷物を届

ける。

メキシコ境界線警察への通過許可費用支払いが完了した時

にも。

US Navy Policeへの支払いが完了した時にも。

その度Companyはわたしをなだめる。

US Navy Policeの通行許可費が完了したその次は、

Aliceの未払い学費問題が起きた。

今Companyがわたしに要求するのは

Aliceの未払い学費$82,900。

学費問題はわたしには不可解な事。

AliceがCompanyにメールして荷物をわたしの所に

届けないように要求した。

Aliceの学校教師が荷物を引き取りに行く。

Aliceは信頼している学校教師に荷物の引き取りを頼んだ。

CompanyいわくAliceの教師には荷物を引き取る権利はな

い。荷物を引き渡すには、荷物所有権取得の費用が必要。

フロンベルクのサインも必要。

だからAliceの学校の教師には荷物は渡さない。

10才のAliceには支払い能力がない。

CompanyはAliceの未払いの学費$82,900をわたしに要求

する。

Companyがいつも言うセリフ。

$82,900の学費支払いが完了したら荷物はフロンベルクに届ける。

ウイルソンにこのCompanyからの報告を知らせた。

その時ウイルソンはAliceと揉めている最中だった。

ウイルソンが言うには、

　　　Aliceは荷物をフロンベルクの所に行かないようにした。

　　　今その事で揉めている。

ウイルソンはAliceの言う事をそのままわたしに伝えた。

　　　フロンベルクに家の財産を取られたくない。

　　　フロンベルクを信用できない。

　　　フロンベルクはDad（父）に死んで欲しいと思ってる。

　　　フロンベルクのことを詐欺師と言ってる。

それでAliceは荷物がフロンベルクの所に行かないように

Companyに止めてもらった。そして学校の教師に荷物を

引き取りに行って欲しいと頼んだ。

前からAliceは学校側から学費未払い$82,900の件を

問い詰められていたらしい。

ウイルソンいわく

学校の教師に荷物を引き取って欲しくない。

教師は学費以上にお金を荷物から取り出す。

ちなみに

Company、ウイルソン、Alice、ヨウコはそれぞれがメールアドレスを知っている。それぞれメールで連絡をすることが可能。

ヨウコとわたしの間ではお互いにメールアドレスを知らない。

Companyから連日Aliceの学費支払いの要求が来る。

ウイルソンも学費の件でわたしに哀願する。

少しでも荷物の保証金を支払っておけば

Companyは荷物を管理してくれる。

荷物はシリアに送り返されない！

だから全額が無理なら少しでもいいから

保証金をCompanyに振り込んで欲しい。

荷物は絶対フロンベルクに届く。

Aliceの学費$82,900支払いの要求に関しては、

わたしは応えないことに決めた。

どう考えてもCompanyがなぜAliceの学費の問題に
関与するのか……解らない。
荷物の為にかかる支払い費用と学費支払いは
全く関係のない問題。

そんな時Companyから報告がきた。
　　サカシタ　ヨウコからメールがきた。
　　荷物を引き取りたいと。
　　フロンベルクの所有権をサカシタに譲渡するサインが
　　欲しい。

これでサカシタに荷物の所有権を譲渡するのは2度目。
ウイルソンが荷物を自分の手に出来るなら、
サカシタに所有権を譲渡してもいい。

PART 26

ウイルソンはヨウコにホテル代を助けて貰っている。

わたしの負担に恐縮してるからだと彼は言う。

ヨウコは彼の為に数ヶ月間宿泊出来るほどのホテル代を振り込んでくれたとの事。その方がわたしも負担が軽くなる。

ウイルソンはヨウコに返済すればそれで済むと考えている。

でもヨウコの狙いは彼を自分の物にすること。

ウイルソンの話では、ヨウコはウイルソンに

$50,000（約520万円）をあげるとの事。

一生ヨウコと共に暮らす事を条件に。

ウイルソンは揺れた模様。

彼の願望は荷物を自分の手に戻す事。

彼はヨウコの癖のある性格を知っている。

わたしも彼女の癖のある性分を知ってる。

──ヨウコはLINEで彼女の嫉妬をわたしに思いきりぶつけた。

突然うすら笑いの無言でビデオ電話までしてきた。

そんなヨウコの性格を知ってもウイルソンは荷物の受け取りを彼女に頼んだ。

その時はウイルソンもヨウコのそんな性格を忘れるんだろう。

荷物を自分の手にしたい願望の方が勝るんだろう。

借りる金額が大きくなるほど

ヨウコは自分の感情をもろに表すだろう。

独占欲も強くなるだろう。

現にウイルソンに会いに行きたいと連日メールを送っている。

こんなコロナの中でさえ、

ヨウコはすっかりウイルソンのストーカーになった。

かつてメキシコ警察への通過料金をわたしが拒んだ時、

ウイルソンはヨウコに荷物の引き取りを頼んだ。

ヨウコは彼の頼みを引き受けた。

Companyは所有権譲渡費をヨウコに要求した。

わたしもヨウコの受け入れを承知して荷物の所有権を譲渡した。

その時の所有権譲渡費は $125,000（約1300万円）。

でもヨウコには支払い能力がなく、荷物の受け取りを諦めた。

現在の問題はAliceの学費$82,900（約862万円）。
ヨウコはウイルソンを手に入れようと$50,000（約520万円）を条件付きで用意した。
ウイルソンはその$50,000を荷物の保証金に充てる事を考えた。
保証金を払えば荷物はシリアに返されない。
Companyが管理してくれる。
ウイルソンは$50,000で自分の人生を
ヨウコに委ねるつもりなのか。
ヨウコの条件を覚悟しているのか。

ヨウコがくれるという$50,000で一生ヨウコに拘束される事と、荷物を自分の手に戻したい気持ちの狭間で彼は揺れている。

　結果、ウイルソンはヨウコの所に行く事を決定した。
　わたしがAliceの学費支払いを諦めた事から。
　その事をウイルソンはわたしに報告した。

その決定の後、なおもウイルソンは考えた。

そして、

彼の最終決断はヨウコの所に行かないこと。

$50,000をヨウコから貰わない。

それほどウイルソンはヨウコに興味がない。

彼女を愛していれば済むことだけど

たいていの人は嫌いな人と共に人生を送りたくはない。

数日後ウイルソンはわたしにCompanyにメールを出して

欲しいと言ってきた。ヨウコの所への荷物の配送はストッ

プするように伝えてほしいと。

そしてウイルソンはまたわたしに哀願してくる。

電話の向こうで泣いている。

　　　荷物はテルヨに受け取って欲しい。

　　　少しでも荷物管理費用をCompanyに支払ってほしい。

わたしは言った。

　　　そもそも荷物がわたしの所に届かないようにしたのは

　　　あなたの娘のAliceだよ！

ウイルソンはあることに気がついた。

ヨウコがAliceにメールを出していた事。

彼はわたしに聞いてきた。

　　　Companyにメールを出してテルヨの所に
　　　荷物が届かないように運送をストップさせたのは
　　　10才のAliceの意向だと思う？

彼はAliceにその事を問い詰めたらしい。

彼の思ったとおり荷物をストップさせたのはヨウコの仕業
だった。ウイルソンもわたしもヨウコがAliceに入れ知恵
をしたという確信を持った。

今ではウイルソンもわたしもヨウコを用心している。

ウイルソンを独占したいから、彼をわたしに会わせたくな
いから、Aliceの学費未払いの問題を持ち出した。

ウイルソンがヨウコの所に行かない決心をしてくれて良
かった。

もし彼がヨウコの所に行ったら、

彼女に返金するだけでは事は済まない。

彼女の強い嫉妬と独占欲で、

彼が返金だけで済ませたらヨウコはウイルソンを
イスタンブールから出られないようにするだろう。
それともウイルソンをあの世に送るかも。

PART 27

Companyはウイルソンの意思を尊重した。

サカシタの所への荷物の配送はストップして欲しい彼の意思を。

Companyはそれからはサカシタの事には触れなくなった。

Companyは以前からわたしに言っていた。

荷物はフロンベルクに引き取ってもらうのが一番いい。

フロンベルクは長い間ウイルソンに忠実だった。

我々Companyはフロンベルクのそんな面を知ってる。

ウイルソンもフロンベルクに荷物を引き取って欲しいと願ってる。

だから荷物はフロンベルクが受け取って欲しい。

学費の支払いが完了したら荷物は絶対フロンベルクに行く。

今時点の問題はAliceの未払い学費の件。

ウイルソンが他の助っ人を見つけてくれることを祈る。

ウイルソンはヨウコから連日来るメールに
不安な気持ちでホテルで暮らしている。
ヨウコが支払ってくれてるホテルで、
彼女がいつ突然ホテルにやって来るかもしれないと感じな
がら。
９月半ばにウイルソンはヨウコが支払っているホテルを
出て
別のホテルに移った。
彼女が支払ってくれているホテルでは
落ち着かないとの事だった。

移ったホテルの代金はわたしが彼に送ったApple iTunes。
彼はiTunesを現金に換えた。
iTunesから現金に換えたお金で10日間
そのホテルに泊まれるとのこと。
今の彼のホテルの住所をヨウコは知らない。
彼の為にこれからもiTunesを送ってやりたい。

PART 28

ずっとウイルソンから聞かされていたこと。

ウイルソンは女に依存するのが嫌い。

自分に対して上から目線でくる女は嫌い。

ウイルソンは着ることに興味が旺盛。

良い服を着るのが好き。

料理が出来る女が好き。

ウイルソンはプライドと自我が強い。

今の困難な状況に置かれていなければ女に依存しないと。

ウイルソンには夢がある。

自分の医療センターを開業する事。

ウイルソンがドクターとして仕事をするには英語圏のアメリカが一番良い。

イスタンブールでウイルソンが警察の監視の下に置かれていた時、医師の手を必要としている所があったので、警察がウイルソンに仕事を斡旋した。

ウイルソンは警察から斡旋された仕事を数日間で辞めた。

トルコ語を話せない事がその理由。

医師と患者が意思疎通出来ないと治療は上手くいかない。

働いた日数分の賃金は貰ったそう。

あるホテルでは、ホテル代金はウイルソンがアメリカに戻った時に支払うことで折り合いがついた。ウイルソンはしばらくそのホテルに居ついた。

またあるホテルはホテル代金の代わりに、ウイルソンにフロント内の仕事を任せた。

他にもウイルソンはホテル側との交渉によって、いくつかのホテルに居ついた。

9月半ばのある日

ウイルソンはイタリアに行くと知らせてきた。

ベルリンを離れてイタリアまで電車で行くと。

イタリアで仕事が見つかったことも知らせてきた。

イタリアで彼の助っ人が現れたことも知らせてきた。

　翌日ウイルソンから報告がきた。

　今イタリアに着いた。

イタリアでテルヨにギフトを買った。

少ないお金で買ったギフト。

今からテルヨのカルフォルニアの住所に送る。

彼はそのギフトの写真をわたしに送ってきた。

可愛い花飾りと可愛い下着。

わたしに彼の気持ちを表したという。

……涙が出た。

今、彼はホテルに宿泊しているとのこと。

Apple iTunes Card を送ってくれる助っ人が現れたことも

伝えてきた。

それ以外の事は彼は言わない。その人が誰なのかを。

わたしもそれ以上は聞かない。

彼は言った。

　　近いうちアパートを借りる。

　　コロナが終わった頃にテルヨが来てもいいように。

ウイルソンはどんな環境の中でも、どんな所でもたくまし

く生きていける奴！

PART 29

今日のウイルソンからの報告によると、

Aliceがウイルソンをとおして言うには、

Aliceはテルヨに謝っている。

テルヨを疑って財産をテルヨに盗まれると思ったことを。

Companyにメールを出して、荷物がテルヨに届かないよ
うにしたことを。

今ではAliceもほんとうにテルヨに悪い事をしたと悔いて
いる。

今のAliceは、荷物はテルヨに届けばいいと、テルヨを信
用していると。

ウイルソンはわたしに彼の胸のうちを付け足した。

　　　ヨウコとAliceのした事は僕には理解できない。

　　　でもAliceはまだ子供。

　　　Aliceがした事を許して欲しい。

　　　今ではAliceはテルヨを信用してる。

　　　僕も絶対荷物はテルヨに受け取って欲しい。

そもそもAliceがCompanyにメールを出して荷物を止めた。
本当にAliceがわたしに謝っているなら、AliceはCompany
にメールを出して、テルヨに荷物が行かないように止めた
事を撤回する。そんな報告をしてくれた方がよっぽどうれ
しい。
学費問題が起きなければ荷物はとっくにわたしに届いてい
るはず。
Aliceの学費も学校側は、荷物がわたしの所に届いてから
わたしに学費を要求しても遅くなかったはず。
これまでの待ちついでに、それくらいは学校側も待てるはず。

結局Aliceもウイルソンもわたしに学費の支払いをして欲
しいだけ。親子揃って虫がいい！

実際わたしにはAlice、Company、ヨウコ、ウイルソンの
間でどんな事が取り交わされているのか、全く見えない。

PART 30

Companyからメールがきた。

荷物を積んだ船はまだ

アメリカテネシー州の港に留まっている。

Companyいわく

　　荷物はフロンベルクが受け取ってくれるのが一番いい。

　　フロンベルクがAliceの学費を支払ってくれれば全て

　　解決する。

　　みんな幸せになる。学校側も。Aliceも。ウイルソンも。

相変わらず都合のいいことを並べる。

Companyにとってはサカシタでもわたしでもどっちでも

いい。

学費の保証金を先に払った方に荷物を届ける。

普通の運送会社だったらそんな不可解な事はしない。

荷物代を支払って荷物が届かなかったら社会問題になる。

思い起こせばメキシコ国境線の港にも

Companyは荷物を乗せた船と共に10ヶ月間留まっていた。

その間にはヨウコがウイルソンの荷物の受け取りを買って出た。

Companyはヨウコに荷物所有権の譲渡金 $125,000$ を要求した。

結果ヨウコは譲渡金 $125,000$ の支払い能力がない事で荷物の引き取りを諦めた。

わたしはそんなCompanyの説明に乗せられて、

メキシコ国境警察への通過許可代金 $26,000$ を支払った。

そして荷物はテネシー州Nashvilleの港に着いた。

そこでもわたしはUS Navy Policeへの通過料金 $30,000$ の支払いを完了した。

今日もまだ荷物を乗せた船は

テネシー州Nashvilleの港に留まっている。

Aliceの学費をわたしが支払うかもしれないと

留まっているのだろうか。

未だにCompanyはAliceの学費 $82,900$ の支払いをわたしに要求してくる。どうしてそれほどCompanyがAliceの学費問題に関与するのか全く理解出来ない。

荷物の運送費支払いとAliceの学費問題はわたしの常識では全然結びつかない。

わたしの口座の中身はUS Navy Policeへの支払い完了と共に底をついた。
本当にNavy Policeの通過料金の支払いが最後だと思った。
荷物は絶対わたしの所に届くと信じていた。
荷物を当てにしていた。

ウイルソンにこれまで送った食べ物代、交通費、治療費、宿泊代、飛行機代。それよりCompanyに荷物の為に支払った費用の方がはるかに大きい。
荷物の為に支払った費用は全てCompanyに行っている。
ウイルソンの所に行っている費用ではない。
Companyに振込んだこれまでの大金が、ウイルソンの方に行っていたら良かった。

Company自身がこれまでの荷物費用で私腹を肥やしているのかもしれない。お金の送り先も個人宛住所だし。

メキシコ国境警察への通過許可代金と、

US Navy Policeへの通過許可代金の送り先は

アメリカテキサス州の個人宛住所。

Name: John Imade

Address: 6 ×× St. 1　APT　25×× Houston Texas 77079

USA

PART 31

2020年9月末のある日

ウイルソンはヨウコから届いたというメールの内容を告げ
てきた。ヨウコは電車で彼の所に3日以内に行くとのこと。
彼の所に行く際お金を持っていくとのこと。
ヨウコが彼の為に用意できる金額は$50,000。
Aliceの学費$82,900には不充分。

ウイルソンは一旦はヨウコに荷物を受け取ってもらわな
いと決断した。決断するまではヨウコがくれるという
$50,000を、荷物の保証金に充てるつもりだった。
ヨウコの狙いはウイルソンにお金をあげることで、
彼を自分の物にすること。
ウイルソンはヨウコのいるイスタンブールから少しでも遠
い所に行く為にイタリアに移ったはず。
ヨウコからのメールは絶対受け付けないことも決心したはず。

イタリアで仕事が見つかったとの彼からの報告で、てっき
り今頃はイタリアで仕事をしているのかと思っていた。そ

してイタリアで助っ人が現れたとのことでわたしは安心していた。

ウイルソンは今の彼の住所はヨウコには教えてないと言う。
ヨウコから助けてもらっているホテル代は
オンラインで振り込んでくれているとのこと。

実際は、彼はヨウコを頼っている。
いくら彼がヨウコとは会わない決心をしたと言っても、
それはわたしへの労いにしか聞こえない。
実際はメールをとおして彼はヨウコと繋がっている。

　　彼はわたしとヨウコの2人の中で、都合の良い方になびく。
　　わたしが駄目ならヨウコ。
　　ヨウコが駄目ならわたし。
　　今の彼にとって助っ人と言える人はヨウコとわたし。

思い起こせば彼がシリアを脱出してから今日までの間、
彼が出会った助っ人はヨウコだけ。

ヨウコはウイルソンのストーカーになった。

ヨウコからのメールは、今直ぐにでもウイルソンの所に飛んで行く様な気配を感じる、と、彼は言う。

その様子がわたしにも伝わってくる。

彼はビクビクしながら毎日を過ごしてる。

わたしはFacebookのウイルソンからのリクエストで

彼の写真を一目見てウイルソンに興味を持った。

そしてウイルソンを愛した。

　　ヨウコは実際ウイルソンと会っている。

　　ヨウコはウイルソンの現実の姿を見ている。

まだ会ったこともない男をわたしは愛しているのだから、

実際にウイルソンと会っているヨウコが

彼に夢中になっているのがよく解る。

ウイルソンには女を惹きつける魅力があるのだろう。

着の身着のままでシリアを逃げたウイルソンにはお金が必要。

荷物を引き取る為にも。生活していく為にも。

実際、ウイルソンは一銭足りとて自分の荷物の代金を支払っていない。

シリアにいた彼は荷物の届け先をわたしの住所にするように頼んできた。荷物の運送費を赤の他人のわたしに頼んできた。

シリアを脱出した彼はパスポートをシリアに忘れた。
そんな中、彼はわたしにアメリカ行きの航空料金 $4,200 を送ってほしいと頼んできた。

　　後になってわたしはトルコからロサンゼルスまでの料金を代理店に問い合わせた。
　　ビジネスクラスの金額が $4,200。
　　エコノミー席ならトルコからロサンゼルスまで $2,500。

　　パスポート無しでアメリカに入国出来るはずがない。
　　ウイルソンがわたしに航空料金を頼んできた時には完全にそのことを忘れていた。
そして出発当日、飛行機は大雨の為運行が中止になった、とわたしに知らせてきた。次の出発予定日は一週間後。
そして代理店が、少なくとも $12,000 手持ちがないとアメリカには入国出来ないとウイルソンに伝えた。
　　──その全ては嘘だった！

ウイルソンのような状況に置かれたら嘘をつくしかないのかな。

航空券代$4,200は彼の私用に使われた。
服を新調するために、
レストランで美味しいものを食べるために。
わたしがいつでも彼の要求どおりに
お金を振りこんでくれるという安心があったのか、
彼は図に乗ってた。
ある時ウイルソンはその日
レストランで食べた写真をわたしに送ってきた。
ある時は滞在しているホテルの彼の部屋の写真を送ってきた。
その写真の中にはクローゼットが写っている。
クローゼットにはたくさんのジャケットがビッシリ掛かってた。
ウイルソンは服に興味あるし、良い物を着たがるし。
航空料金としてわたしに要求したお金はそんなことに使われた。

彼と出会ってから彼の嘘をたくさん見た。

彼の話はお金のことが中心。
それでもウイルソンとLINEで話をすることが、
わたしを支えてくれている。

　彼はわたしの生活の一部。
　LINEといえども、
　彼はわたしといつも一緒に過ごしてくれる。
　彼によってわたしも満たされている。

彼のこれからの行く先は予想がつかない。
荷物を自分の手に戻したい彼の欲望の赴くまま、
条件付きのヨウコの欲求に応えるのか。

PART 32

2020年10月初め

Companyと荷物を乗せた船はまだアメリカテネシー州の港に留まっている。以前と同じようにCompanyは連日Aliceの学費支払いの要求をしてくる。

ウイルソンも連日わたしにAliceの学費を支払ってほしい、荷物を受け取ってほしいと言ってくる。そして決まり言葉を並べる。

 僕はお金持ち。

 荷物の中には僕の財産目録、大金が入っている。

 僕の口座にも預金がたくさん入っている。

 でもアメリカ以外の国では口座からお金を引き出せない。

 アメリカにさえ行けば、口座から自由にお金の引き出しが出来る。

以前ウイルソンは言っていた。

シリアに行く前に、フロリダの自分の家を売りに出した。そしてイスタンブールにいる時パソコンを借りて、家が売

れたとの不動産屋からのメールを見つけた。

売れた家のお金はビットコインからとっくに彼の口座に振り込まれていると。

確かにウイルソンが所有している財産は、$50,000をくれると言うヨウコの条件以上に遥かに価値がある。

ウイルソンにしてみれば
$50,000で一生ヨウコに縛られたくない。
でも今のウイルソンにしてみれば、
$50,000は喉から手が出るほど欲しいはず。
それでもウイルソンはヨウコに依存しない。
それが彼の硬い最終決断。

連日ウイルソンがわたしに荷物を受け取って欲しいと
切望し続けているのが解る。

ヨウコはウイルソンの所に3日以内に会いに行く。
それが最後のヨウコからのメール。
彼はいつも以上にわたしに電話をかけてくる。
電話でも、LINEでも、彼はわたしに哀願する。

いつも以上に強い彼の哀願はわたしに強く響く。
——まるでこの世の終わりみたいに。

連日繰り返されるウイルソンの話は
荷物の保証金だけでもCompanyに振り込んで欲しい事、
全額が無理なら$20,000でもいいと。
保証金を払えば荷物はCompanyに管理して貰える。
荷物はシリアには行かない。
テルヨに荷物を受け取ってほしいと。
……どうしていいか分からない。
ウイルソンはほんとうに荷物への熱望を訴える。

　　でも彼を助けたいと思うわたしの気持ちだけでは
　　どうにもならない。
　　わたしの口座はこれまでの荷物にかかった支払いで
　　底をついたし。

かつてわたしはCompanyに提案した。
Companyがメキシコ境界線に留まっていた時、わたしが
メキシコに行って、荷物の通過許可料金を、直接メキシコ

警察に払う事を。支払いと同時に荷物をわたしが引き取る事を。

Companyが言うには、メキシコまで荷物を取りに来るなら荷物はシリアの運送会社に一旦戻す。そこで荷物を管理する。

シリアまで荷物を引き取りに来てほしいとの返事だった。

シリアは長い間、内戦状態にある危険な所。

シリアまで荷物を引き取りに行くのは困難。

PART 33

2020年10月初めのある日

連日ウイルソンから必死の哀願が入って来る。

LINEでも、電話でも、彼の望みはただ一つ。

Aliceの未払い学費を支払って、荷物をわたしが受け取る事。

わたしは彼に改めて聞いた。

荷物の中には何が入っているのかを。

　　えっ！

これまで彼から聞かされていた荷物の中に入っている品物

とは別のものが加わっている。

　　Drug！（アメリカでは麻薬、薬物を含めてDrugと言う）

ウイルソンが言うにはDrugの価値は

日本円の金額にして２億円以上。

彼はさらに言った。

　　荷物の中に入っているDrugは違法な危ない物じゃない。

　　治療の為に使う物。

　　危ない違法のDrugを僕が手に出来るわけないよ。

荷物がテルヨに届いてもテルヨにはリスクがかからない。

　　　ドクターがDrugを所持してる場合は違法じゃない。

彼は聞きずてならないことを付け足した。

　　　万が一テルヨが疑惑を受けて警察ざたになった時は、

　　　弁護士を雇えばいい。

　　　弁護士費用は安い。

万が一テルヨが疑惑を受けて警察ざたになった時は

弁護士を雇えばいい！？

あたかもわたしに容疑がかかる様な響き。

弁護士費用は安い？

ウイルソンは自分の基準で、弁護士費用は安いと言っている。

世間の見解では、弁護士費用は高い！

実際わたしの口座が底を突いたほど、

荷物にかかる費用でわたしはリスクを被った。

今度はDrugでわたしにリスクを負わせるつもりなのか。

Mikeの言葉が頭をよぎった。

"ウイルソンはシリアから逃げた。もしフロンベルクがウ
イルソンと一緒にいるなら、あなたにリスクがかかるよ"

と、彼は言った。

ウイルソンと一緒にいてわたしにリスクがかかるなら、
Drugが入った荷物をわたしが受け取ったら、
わたしにかかるリスクは計り知れない。
Drugの金額は巨額。
ウイルソンはDrugをどうするつもりでいるのか。
彼がずっとわたしに訴えているのは、シリアの政府に荷物
が行って欲しくない事。Companyに荷物の保証金だけで
も送金するようにわたしに要望する。Companyは保証金
で荷物を管理してくれるから。

それでウイルソンはアメリカ大使館に助けを求めに行かな
かった。Drugの事が一番の理由だった。

ウイルソンは荷物の事を心配するあまり、よく病気になる。
ウイルソンは言っている。
僕が詐欺師なら荷物の事を心配して病気にならないよ。
荷物の中に巨額のDrugが入っていることで、ウイルソン
は心配し過ぎて病気になる。

荷物の中には巨額の“財産”が詰め込まれている。

そのことがあってウイルソンは、Aliceの学費を支払ってくれたら荷物の中の現金、$700,000はテルヨに全部やると言った。

彼は自ら自分の指を切って、

その様子の写真をわたしに送ってきた。

この血に誓ってテルヨに全部$700,000をやると。

彼にとって指を切るほど、

命に代わるほど重要な物が荷物の中には詰められている。

それゆえに荷物の所有者を疑った。

わたしの所に荷物が届かないようにした。

ヨウコまでも疑った。

彼女が荷物の所有者になる話が進んだ時、

ヨウコの所に荷物が行かないようわたしに頼んできた。

でも今のところヨウコは荷物に関する費用を支払っていない。

US Navy Policeまでの一連の運送費をわたしが支払ったことをウイルソンは忘れている。

ウイルソンはわたしになおも連日哀願する。

ヨウコにも再度荷物の引き取りを頼んでいる。

ヨウコとわたしの間を谷渡りしてる。

荷物がこの先何処に行くのか、

誰が荷物を受け取るのか、

今のわたしにはどうでもいい。

もうAliceの学費を支払うお金は持ち合わせていない。

これまでの荷物の支払い費用で口座の中は空っぽ。

すべてウイルソンを愛した事から始まった。

PART 34

ウイルソンがもし何か犯罪行為をしているならば、
その罪は償わなければならない。

以前、彼にわたしが抱いていた疑問をぶつけたことがある。
　　どうしてあなたはそんな困難の中に置かれてるのか。
　　きっと何か原因があるはず。
　　そうじゃなければ神は彼にそんな困難を与えない。
ウイルソンいわく
　　僕は何も悪いことしてないよ。
　　神は僕を見放さない。
　　神は僕の味方。
　　なぜなら僕はドクターとしてたくさんの人を助けてきた。
　　僕は神の子供。
彼は解っていない。ドクターとして人を助けてきた事と犯
罪行為を犯す事とは意味が違う。

わたしは「因果応報」を信じている。
善悪の行いに応じて、未来の因果、果報が生ずることを。

「己が行った行為は、己に返ってくる」
世の中をみても因果によって罪を償っている人がいる。
もしウイルソンが罰を与えられてるとしたら、
彼は十分罪を償っている。
今ウイルソンが置かれてる困難な状況が、
まさに罪を償っている証。
わたしにはそう思える。

ウイルソンがシリアから逃げた時は、
脱出することで彼の頭の中はいっぱいだった。
そのために彼は自分のパスポートとパソコン等
全ての貴重品をシリアに置き忘れた。
シリアを脱出した後もいくつもの困難が彼を襲った。
ウイルソンはシリアからイスタンブールにたどり着いた。
そこで彼はイスタンブールに住んでいる友達のBrianから
$3,000借りた。
ホテル代、食費に充ててそれはすぐ使い果たした。
そしてウイルソンは空港で2週間飲まず食わずで過ごした。
気がついたら病院の中。
少ない入院日数で、彼は完治しないまま病院を出た。

病院を出た後、ウイルソンはBrianの訴えで警察に逮捕された。
ウイルソンは警察の監視の中、留置所で過ごした。
屈辱的な状況に耐えていた。
そんな中、彼がBrianと警察から出たところで
あの女性と出会った。
その女性はウイルソンを助けた様で実は危ない人だった。
今や彼を追い回し続けるストーカーと化した。

そんな彼の状況を思った時涙が出る。
ウイルソンが言うには、シリアの任務は任命されてのこと。
シリアに行くことを断れなかった。

　　You TubeでDr. Paulを観る度に、
　　ウイルソンと重なって涙が出る。
　　なぜだかDr. Paulに涙する。
　　ウイルソンが死んだ時は
　　Dr. Paulの死が報道されるのかな。

PART 35

ウィルソンと出会って1年10ヶ月になった。
彼とのこれまでの思い出が蘇る。
これまでには良いこともあった。
彼と意気投合して話が盛り上がって2人で緩やかな良い時
間を過ごした事もあった。

彼は着る事が好きなせいか、ファッションの話をしてる時
は彼の楽しそうな様子が伝わってくる。
以前ウィルソンはわたしに服のアドバイスをした。

　　　外に出る時はセクシードレスを着ろ。

　　　その方がかえって若く見える。

　　　カジュアルな格好はするな。

　　　服は良いものを着ろ。

このアドバイスで、わたしは前より着ることを
意識するようになった。

ウィルソンと知り合って間もない頃、
彼は突然わたしにビデオ電話してきた。

化粧無しのわたしは慌ててサングラスをかけた。
素顔を見られたくなかった。
ましてビデオをとおしてお互いに顔を合わすのは
その時が初対面だったし。
そのあとウイルソンから、どうしてサングラスを
かけていたのと聞かれた。
そのまま――化粧してない顔を見られるのが
恥ずかしかったと答えた。
ウイルソンいわく
これからはビデオ電話する時は、前もってLINEで知らせる。

それ以降わたしは家にいる時でも
意識して化粧するようになった。
ウイルソンがいつでもビデオ電話してきてもいいように。
自粛中家の中にいる時でも、
スカートを心がけて身につけている。

幸いMacy'sデパートが再開した事もあって、
ショッピングにも行くようになった。
やっぱり服を買うことは楽しい。

化粧も家にいる時でさえも欠かさず毎日するようになった。

それに合わせて足りない化粧品も買い揃えた。

自粛中の楽しみが増えた〜！

他に2人が盛り上がるのは食べることの話。

彼は常にテルヨの家庭料理が食べたいと言う。

テルヨと一緒に暮らした時、毎日僕に家庭料理を作ってく

れと。

わたしはその日に作った食事を写真に撮って

彼に送る事が習慣になった。

彼もたまの贅沢、レストランで食べた食事を写真に撮って

わたしに送ってくる。

食べることの話はお互いに尽きなかった。

他にも良いこと。彼から嬉しくさせられた事。

わたしに指輪を用意してある事。

ビデオ電話をとおしてわたしにプロポーズした事。

テルヨと会った時にサプライズする！

結婚しよう！

そして最近、彼がイタリアに移動した時、
彼がイタリアに着くや否や、
少ないお金からわたしにギフトを買ったこと。
可愛い花飾りと可愛い下着
──彼の気持ちを表したいとのことで。
もうすぐそのギフトはわたしに届く！！

PART 36

2020年10月初めのある日

ウイルソンから近況報告が来た。

ヨウコが今イタリアに着いたとメールで知らせてきたとのこと。

ヨウコは僕のいるホテルに来たいと言っている。

でも僕は現住所をヨウコに教えてないから

彼女が僕の所に直接来られるはずがない。

ヨウコに荷物を受け取ってほしくないから

ヨウコと会っても意味がない。

お金は彼女から受け取らないよ。

確かに彼の最終決断はヨウコに荷物を受け取ってもらわない事だった。ヨウコの所に荷物が行かないようにCompany に伝えてくれと、ウイルソンはわたしに頼んできた。

Company からもサカモトの所に荷物は届けない、とわたしに伝えてきている。

ヨウコの不意な行動に慌ててる彼の様子が十分伝わってくる。
本当にヨウコはメールのとおり、ウイルソンのいるイタリアにやって来た。
ヨウコは完全なストーカー。
それから数分も経たないうちに
ウイルソンの最終決断は新たな決心に変わった。
この数分の間、ヨウコと彼はメールでやりとりをしていた。
その間に彼は心変わりした。
荷物を自分の手にしたいという彼の欲望が勝った。

　　彼は言う。
　　ヨウコは僕を助けたい。
　　だから荷物を引き取りたいと言っている。
　　荷物が届いたらヨウコは荷物を僕の所まで持ってきて
　　くれると言っている。

　　ウイルソンは付け足した。
　　テルヨに荷物を受け取ってほしいけど、テルヨは
　　Aliceの学費を払う事が出来ないほど貧乏になった。
　　テルヨが荷物を受け取れないならヨウコに
　　荷物の受け取りを依頼するしかないよ。

ヨウコが荷物を僕の所に持ってきた時テルヨに返済出
　　来る。
　　テルヨには絶対返済する。
　　Aliceの学費も払える。
　　荷物が僕の所に来なければ
　　どうやってテルヨに返済出来る？

しばらくしてCompanyからメールが来た。
Companyもウイルソンと同じ意見をわたしに言う。
　　荷物がサカモトに届けば、
　　サカモトはウイルソンに荷物を届ける。
　　ウイルソンもAliceもみんな幸せになる。

今わたしが心配している事。
ウイルソンはイスタンブールの病院での治療が完治しない
まま今日までに至っている。
彼の体はまだ弱っている状態。
弱っているせいからか、
彼は荷物の事を心配するあまりよく病気になる。

シリアを出てから２回ウイルソンは生と死の狭間に立たされたけれど、彼は運よく死から免れた。

もしウイルソンがヨウコから荷物を手にする前に死んだら、荷物はヨウコの所有物になる。

ヨウコが荷物の所有者になった時、

荷物はヨウコが全部使用出来る。

そうなった場合、ヨウコが彼の財産をAliceに渡すのか。

Aliceの為に荷物を管理してくれるかどうかは分からない。

ウイルソンはわたしにお金は絶対返済すると約束したけれど、ヨウコがウイルソンの代わりに私に返済してくれるのか分からない。

でも

癖のあるヨウコの性格を踏まえたうえで、

ウイルソンは最終決断をしたはず。

Aliceに入れ知恵して荷物がわたしの所に届かないようにしたのも、全てはウイルソンを独占したいヨウコの欲望から来たこと。

──とうとうヨウコはウイルソンを自分の手にするのか。

えっ、

またもやウイルソンの気持ちは早変わりした。

ヨウコに荷物は引き取ってほしくない。

ヨウコにはまだ僕の住所を教えてないよ。

PART 37

日増しに日が短くなっていくこの頃。すっかり時は秋。
昔からだけど、この時期になるとなんだか寂しく感じる。
人恋しくもなる。
　　　ウイルソンと出会った頃が遠くにも感じるこの頃。
　　　いつかウイルソンの事が過去の出来事、経験として、
　　　わたしの人生の１ページになっていくのかな。

よくよく考えてみれば、わたしとウイルソンは
年齢の差が28才もある。
親子のような年の差だ……可笑しい。
実際自分の年を忘れてわたしはウイルソンを愛した。
愛する時に年のことなんて考えてもみなかった。
理屈抜きでほんとうにウイルソンを愛した。
そう、おばさんでも恋をしますよー。
男を愛しますよー。

嬉しい事にウイルソンはわたしに指輪を用意してくれている。
ビデオ電話をとおしてわたしの顔を見て、

結婚しよう、と言ってくれた。

　ウイルソンはわたしを愛している。
　わたしはウイルソンを愛している。
　わたし達お互いに愛し合っている。
　──これだけは信じている。

彼が生死の狭間をさまよった時は、
人生ではじめてわたしは号泣した。
彼はそんな生死の狭間をさまよっている時でさえ、
力を振り絞ってわたしに彼の心のうちを伝えてきた。
　ここで僕は人生を諦める時かな。
　今僕は死んで行く。
　テルヨとこの世で逢えない。
　あの世で逢おう！
　Let's have sex in the next world.（来世できみと繋が
　りたい）
今でもその言葉がわたしの脳裏に焼き付いている。
彼が自分の死の瀬戸際にわたしに心のうちを伝えてきたと
いう事は、わたしに最期を看取って欲しかった──わた

しにはそう思える。

幸運にも彼は死の淵から帰還した。

彼は完治しないままの状態の中に今もいる。

だから彼が病気になったと聞いた時は、死と結びつけてしまう。

わたしはウイルソンがたくさんの試練と闘っている状況を十分見ている。

彼の情熱に応えて、わたしはエネルギーを燃焼させた。

彼と出会ってからの１年10ヶ月はすごく長い年月に思える。

愛というものがひとつの品物だとしたら、

わたしは愛を買った。

金銭振込という形で。

　わたしはずっと前からその品物が欲しかった。

　それを手にした時の気持ちはどんなものだろうと。

　欲しかった品物がほんとうに自分の手に入ってきた！

　──もう思い残すことはないよ。

PART 38

バカだなあ……。

ウイルソンは今日も迷っている。
ヨウコの所に荷物が行って欲しくない事と、
荷物を自分の手に戻す欲望の狭間をまだ行き来している。

わたしは覚悟して、
とっくに荷物の所有権をヨウコに譲渡した。
その覚悟とは、
荷物をヨウコに譲渡した事は、ウイルソンを諦める事。

ウイルソンはヨウコの条件を呑む事。
$50,000で、彼は愛していないヨウコに命を預ける。
愛のない女とこの先の人生を送る事と引き換えに、
自分の財産を取り戻す。
それはウイルソンにとって価値のあることなのか否か。
彼はずっと迷っている。

ウイルソンは前からよくわたしに言っている。

　　愛はお金で買えない。
——巷の人たちがいうには
　　男はロマンチスト
　　男は愛した女と添い遂げたい。

わたしもウイルソンに興味を持った助っ人が
現れてくれれば良いと思っている。
でもFacebookで助っ人を探すにしても、
いくらウイルソンの見た目が良くても、
会ったこともない男に大金を振込んでくれる人は
そう簡単には現れないだろう。

第6章

ずっと一緒に

PART 39

2020年10月半ば

結局最後までウイルソンはヨウコに

彼のいるホテルの住所を教えなかった。

ウイルソンは彼女をホテルに呼ぶことはなかった。

ヨウコがイタリアに留まっている間、

２人はメールだけのやり取りだった。

ヨウコは安易に考えていたのだろう。

お金を用意すればウイルソンが自分に会ってくれると。

わたしはウイルソンの変わりやすい流されやすい面を知っ

ている。彼がヨウコに会ったら彼女の罠にはまってしまう。

ヨウコの誘惑に負けないでくれて良かった。

ヨウコがウイルソンの為に用意出来るのは $50,000。

Company が所有者に要求しているのは

Alice の未払い学費 $82,900。

$50,000 は $82,900 からは不充分。

いっときはウイルソンはヨウコから $50,000 を受け取って、

それを荷物の保証金に充てようと考えた。

それで彼はヨウコに荷物の受け取りを依頼した。

保証金さえ払っておけば荷物はシリアに返されない。

Companyが保管してくれる。

全額$82,900の支払いが完了してから、

荷物は所有者の所に届けられる。

ウイルソンは気がついた。

サカシタ　ヨウコが用意する$50,000は意味がない事に。

補足金$32,900を誰が用意出来るか。

ウイルソンには全く当てがない。

ウイルソンはヨウコがイタリアに留まっている間、

じっくり考えていたのだろう。

全額$82,900の学費支払いが完了しないと荷物はウイルソンの手に戻らない。$50,000だけではヨウコの欲望を満たすだけになってしまう。

もしヨウコがAliceの全学費を払えるほどの金持ちだったら、ウイルソンは彼女の所に行ったかもしれない。

ヨウコはせめて物欲的にはウイルソンを満たすことが必要。

ウイルソンは44歳。彼にはまだまだ将来がある。容姿も良い。

ウイルソンを一生$50,000で縛ろうなんて虫がいい。

ヨウコはウイルソンの曖昧な行動に立腹して、

ウイルソンと会えないままトルコに帰って行った。

彼女は一旦この場を離れただけなのか、それともウイルソンを追いかけ回すことを諦めたのか。それは定かじゃない。

只今のウイルソンの決心は、自分で荷物を引き取る事。

ウイルソンが自分で荷物を引き取る決心をしたなら

それが一番良い事。

自分の事は自分で解決するべきでしょう。

ウイルソンいわく

　　僕はまだ若い。

　　これから一生懸命働く体力は十分ある。

　　神は僕の味方。

　　神は絶対僕を幸せにしてくれる。

さらに彼は言う。

　　荷物はヨウコに受け取ってほしくない。

僕はヨウコの所に行かないよ。

　　テルヨはお金が無くて僕を助けるのを諦めた。

さらに言う。

　　アメリカの外では口座から現金は引き出せないけど、

　　アメリカにさえ行けば僕にはお金があるよ。

　　僕を貧乏人だと思わないでくれ。

――これって毎度の言葉。

わたしはウイルソンのことを貧乏人だと思ったことは

これまで一度もない。

むしろ会ったこともないウイルソンの為に

お金を振り込んでる自分が解らない。

　　ウイルソンが言うように

　　これまで彼に振り込んだお金は

　　戻ってくると信じている。

　　戻らない事も覚悟している。

ウイルソンの曖昧さに立腹してトルコに帰って行ったヨウ
コは

この先もウイルソンの為にホテル代を支払ってくれるかど
うかは定かじゃない。

　　ヨウコもわたしもウイルソンを助けなかったら
　　誰が彼を助けるの……？

PART 40

これまで目まぐるしく変わるウイルソンの態度に、
ずいぶん翻弄された。
結局ウイルソンは自分の心の内で、自分で荷物を占領していた。
わたしに荷物を受け取ってほしいにも関わらず。
わたしが駄目ならサカシタに
荷物の受け取りを依頼したにも関わらず。
彼の本心は他の誰にも荷物を渡したくなかった。

わたしは費用を送金した都度、
その証明書をCompanyとウイルソンに送った。
最後のNavy Policeへの支払いが完了し、彼らに証明書を送ったと同時にCompanyから荷物に問題が起きた事を知らされた。
早速ウイルソンにその問題を告げた時、彼もAliceと荷物の事で揉めている最中だった。

あまりにもタイミングが良過ぎる。

支払い完了と同時に荷物に問題が起きるなんて！

今何かがわたしの脳裏を掠めた。
実はウイルソンが
わたしの所に荷物が届かないように仕組んだんじゃないか。

彼はAliceにCompanyにメールするように頼んだ。
Aliceは父親の指示どおりCompanyに報告した。
荷物はフロンベルクの所、カリフォルニアに行かないよう
にストップさせた。フロンベルクは家の財産を盗む、フロ
ンベルクは悪い人、フロンベルクを信用出来ないと並べ立
てて。
ウイルソンはあたかもヨウコがAliceに入れ知恵したよう
にみせかけた。ヨウコが嫉妬して、荷物がフロンベルクの
所に行かないようにストップさせた、と。
CompanyがAliceの未払い学費$82,900をわたしに要求し
てきたのはその時。

　　　Aliceの学費問題を知っているのは、
　　　父親の貴方しかいないでしょう！

その事をウイルソンに聞いた。

本当はあなたが仕組んだ事でしょう、と。

ウイルソンは僕はストップさせてない！と言う。

ヨウコがAliceに入れ知恵して私の所に荷物が届かないよ
うにしたと言う。彼を私と会わせたくないために。

最後ウイルソンはヨウコまで信用出来ないと言った。

ヨウコが荷物を独り占めする事を疑って。

結局ウイルソンはわたしもヨウコも疑った。

荷物が届いたら僕の財産を盗む気だろう、と、

疑いの言葉をわたしに浴びせた。

こっちだって盗人扱いされたからには、

荷物の引き取りはしたくない。

むしろ荷物の事にもう関わりたくない。

そして今、わたしは荷物の引き取りを拒否した。

拒否すれば盗人扱いはされない。

只今のウイルソンの決心は、

ヨウコに荷物を受け取ってもらわない事。

$50,000でヨウコの条件を呑まない事。

ヨウコの欲望に従って、自分の一生を彼女に捧げない事。

　　ウイルソンは我が強い。

　　プライドが強い。

　　人に翻弄されたくない……人を翻弄することはあっても。

只今のウイルソンの決心は自分で荷物を受ける事。

パスポートさえ彼が手にすればそれは可能な事。

アメリカに入ればウイルソンはお金持ちなんだから。

いつも彼がわたしに言っているように。

Brian も言っていたように。

Company からも聞かされたように。

PART 41

Companyから聞かされていた説明を今思い出した。

Companyの説明では、

荷物本来の持ち主がウイルソンであっても、荷物はウイルソンの所には行かない。もしウイルソンがどうしても荷物を自分で受け取りたい時は、莫大な費用が要る。

まずウイルソンが自分で荷物を受け取る事は不可能。

この件でのCompanyの説明は

荷物の所有者が誰であっても、ある期間内に荷物の保管費用として保証金を収めない場合は、荷物の所有権は無くなる。

ウイルソンはヨウコが彼の為に用意すると言った$50,000を荷物の保管費用の保証金に充てる事を考えていた。

ウイルソンはよくよく考え抜いたあげく、
$50,000を受け取らない事を決心した。
　　Companyはウイルソンに
　　荷物を自分で受け取る事の

難しさを伝えているのだろうか。

　定かではない。

Company（R&X Delivery）のやり方は一般の運送会社とは違う。

運送料金も通常よりもはるかに高い。

ウイルソンからはじめて彼の荷物の運送料金を立て替えてほしいと頼まれた時、Companyから送られてきた運送料金を見た時は、目玉が飛び出るほどその費用の高さに驚いた。

PART 42

今日のウイルソンからの近況報告は
Apple の iTunes がなくなったから送ってほしいとの注文。
彼が使っている iPhone は Apple のカード式 iPhone。
iTunes は 1 枚のカードにつき $15 から $200 までの値段の
物が売られている。
彼の注文は $100 のカードから $200 のカードを数枚送って
ほしいとのこと。
未使用のカードは Apple Store で買い取ってくれる。
彼はその現金を食費に充てる。

今から 4 ヶ月前までは彼にホテル代、食費、
他に彼が必要とするお金を送っていた。
4 ヶ月前あたりから、ウイルソンはヨウコからホテル代を
振り込んでもらっている。
ウイルソンが言うにはわたしへの負担を減らそうと。
わたしに恐縮していたので、
ヨウコにホテル代金を頼んだとのこと。

4ヶ月前から彼に送るのはAppleのiTunesだけになった。おかげで彼に送るお金の負担が軽くなった。
イタリアでウィルソンに会えないままトルコに帰っていったヨウコは、この先もウィルソンの為にホテル代を送ってくれるかどうかは不明。

ヨウコが完全にウィルソンのことを諦めたなら、ホテル代を彼に送ることはないだろう。むしろ彼女にしてみれば、ウィルソンに騙された、と警察沙汰にもなりかねない。

実際ヨウコはウィルソンを脅迫した前歴がある。

イスタンブールで、ヨウコはウィルソンがBrianから借りた$3,000を肩代わりした。でもウィルソンが自分に気がないことを知ったヨウコは、ウィルソンを空港で男と待ち伏せして、立て替えた$3,000の返金を彼に迫った。
無一文のウィルソンはわたしに$3,000を送ってほしいと電話の向こうで泣いた。結局わたしがヨウコにそれを支払った。

その時ウィルソンは周りから踏んだり蹴ったりされていた。

留置所に入った時にも、周りから堪え難い屈辱を受け続けた。

彼の心は地獄だった。

どん底状態で苦しむ彼の心情が、彼との電話から伝わった。

……わたしも彼と一緒に泣いた。

わたしは人生の中でこんなにも困難と闘ってる人には出会ったことがない。

何でウイルソンはこんな状況に置かれたんだろう。

もしウイルソンがシリアで残り３ヶ月間の任務を全うしていたら、今頃はアメリカでAliceと暮らしていたかもしれない。

シリアでテロリストによって殺されていたかもしれない。

──人の運命は誰にも分からない。

PART 43

ウイルソンがシリアで任務していた頃が今では遠くに感じる。

当時のシリアの様子が甦る。

連日ウイルソンから聞かされたシリアの軍の状況。

　　　今日は2人軍人がテロリストに殺された。

　　　今日は10人軍人がテロリストに殺された。

　　　今日は3人、今日は……、今日は……。

ある時テロリストがウイルソンのいる部屋を目掛けて銃撃した。

不幸中の幸い、ウイルソンと部屋の中にいた他の1人はテロリストの銃弾を免れた。

そんな中ウイルソンはわたしに言った。

　　　テルヨとLINEで話すことだけが僕の安らぎ。

　　　LINEにだけは毎日僕の為に入ってきてほしい。

　　　毎日話をしよう！

LINEで話すことがお互いに日課になった。でも、時間のずれからうまく会話のキャッチボールが出来ない日もあった。

　　ある時ウイルソンは

シリアを脱走する！

　　もう決めた！

と伝えてきた。

わたしは彼に返答した。

　　任務が終わるまでは仕事を全うして！

ウイルソンの返答は

　　任務が終わるまでに僕は殺される。

　　シリアで死にたくない！

わたしから彼への返答、彼からわたしへの返答が続いた。

ウイルソンがシリアを逃げるという決心は、いよいよ大詰めになった。

桜が咲く時期にわたしは東京にいた。

ウイルソンはわたしが東京にいることを知って、テルヨと東京で会いたいと言ってきた。

　　シリアから東京までは数時間で近い。

　　東京で僕たちが会ったら一緒にアメリカに戻ろう。

　　僕を見て気に入らなかったら僕のことを否定してくれてもいい。

ウイルソンはShipping Nationにメールを送ってほしいとわたしに頼んできた。そしてウイルソンはわたしにShipping Nationに伝えるメールの内容を指示してきた。その内容は、わたしをウイルソンの女房に仕立てること。

　　今わたしはカリフォルニアから東京にバカンスで来ています。夫のWilson Andrewと一緒に東京でバカンスを過ごさせて下さい。

早速ウイルソンの指示どおりの内容でShipping Nationにメールを送った。数分後にShipping Nationから返事が来た。ウイルソンにShipping Nationから返事が来たことを伝えたら、
ウイルソンもその返事の早さにビックリした様子。

　　Shipping Nationからの返事によると、
　　ウイルソンはまだ任務が3ヶ月残っている。
　　バカンスが終わった時、
　　ウイルソンをシリアに帰して下さい。
　　約束して下さい、とのことだった。

同時にShipping Nationは東京までの乗船費用とその振込

先をわたしに送ってきた。日本円で50万円。日本のみそら銀行に振込むようにと。

わたしは50万円の振込をためらった。

そうこうしてるうちにShipping Nationからまたわたし宛にメールがきた。Shipping Nationいわく

　　ウイルソンは船場の近くのグラウンドで待機している。

　　いつでも東京に出る準備をしている。

　　乗船費用の振込が確認次第、船を東京に出す。

わたしが東京からロサンゼルスに戻った日は

アメリカ時間の４月１日。

ウイルソンからシリアを脱走したと知らされたのも４月１日。

彼がシリアを逃げてたどり着いた所はトルコのイスタンブール。

イスタンブールにたどり着いてから今日まで、

ウイルソンは困難と闘っている。

逃げた先でも未だに困難の中に置かれている。

……涙が出る。

もしあの時乗船費用50万円を振り込んでいたら、
とっくにウイルソンと会っていたかも知れない。

PART 44

Companyの、あの説明がわたしの頭を掠める。

Companyが言うには荷物の所有者は少しでも保管費用を納める必要がある。それがなければ荷物の所有権は無効になる。

US Navy Policeの通過許可代金を支払った後は、
もしCompanyが他の支払いを要求してきても
一切その支払いには応えない、とウイルソンに伝えた。
ウイルソンもその事を承知した。

ほんとうにUS Navy Policeへの支払いが最後だと思った。
荷物は絶対わたしの所に届くと信じていた。
荷物はわたしの所、カリフォルニアには来なかった。
案の定Companyは別の件、
Aliceの未払い学費をわたしに要求してきた。
どうしてCompanyが私的な学費の問題に関与するのか
未だにわたしには理解出来ない。
　　　Companyはよくわたしに言った。

我々Companyは荷物の事でフロンベルクの為に力を尽くしてる。

フロンベルクから送られてくる費用を納めに何回も移民局に足を運んだ。

裁判所が要求する荷物の引き取り許可費用の支払いに何回も足を運んだ。

裁判所に提出する荷物所有権譲渡の必要手続き、全部我々が済ませた。

メキシコ国境線の警察にも何回も足を運んだ。

我々の努力を解って欲しい。

移民局への莫大な費用、裁判所への莫大な費用、メキシコ国境警察への通過許可費用。

そしてUS Navy Policeの通過許可費用。

それら全ての費用をわたしは支払い完了した。

荷物がわたしに届いた時、荷物から全ての返済金を出してもいいと、ウイルソンは約束してくれた。

荷物がわたしの所に届かない今となっては、ウイルソンを助ける事が出来ない。

いつもわたしが願うのはまずウイルソンがパスポートを取る事。

いつウイルソンがパスポートを手に出来るかはコロナ終結次第。

コロナの為、アメリカからヨーロッパまでの飛行はまだ難しい。

鍵を握っているのはコロナだ！

ウイルソンのいる所に行って、彼の為に直接アメリカ行き航空券を買いたい。

PART 45

わあ、ギフト見つけた！
郵便箱の中から。
ウイルソンからの送り物だ。
彼がイタリアに着いたしょっぱなに、
わたしに買ったというギフト。
ほんとうにギフトがわたしに届いた〜！

　　ウイルソンはギフトを買った時にわたしに言った。
　　僕の気持ちをテルヨに表わしたかった。
　　残り少ないお金で買った。
　　キーホルダーには荷物の鍵を付けておいた。
　　大事な鍵だから保管してほしい。
　　荷物がテルヨに届いたらその鍵で荷物を開ければいい。

以前彼はギフトの写真をわたしに送ってきている。
写真のとおりパックの中には、バラの花飾りひとつ、
美容石鹸ふたつ、パンツ２枚、鍵付きキーホルダー。
少ないお金で買ったというこのギフトには彼の心がいっぱい

こもっている。

　　高価なギフトとは言えないけど、
　　わたしにはすてきな幸せアイテム。
　　ありがとう。
　　ずっと大事にするよ〜。

PART 46

今日のウイルソンからの報告によると
ヨウコからこの1週間メールが来なくなったとの事。
ヨウコはウイルソンを追って不意に彼のいるイタリアまで
やって来た。そして彼女はウイルソンとイタリアで会えず
にトルコに帰っていった。それ以来彼女からウイルソンに
ホテル費用の送金もメールも途絶えた。

　　ウイルソンはこの先どうするのだろう。
　　またわたしにホテル代を頼んでくるのだろう。

ウイルソンは自分の気持ちに正直で、
ときには自分の気持ちをあらわにする。
ヨウコがイタリアに留まってる間、
彼女に自分の住所を教えなかった。
それ自体がヨウコに対する彼の本心の表れ。
よほどウイルソンはヨウコを生理的に受けつけないのだろう。
結局ヨウコがウイルソンの為に用意した$50,000を
彼は受け取らなかった。

ヨウコはウイルソンのいるイタリアに行くまでは、
オンラインでホテル代を彼に送金していた。

ウイルソンは女の愛を利用してヨウコからホテル代を送金
してもらっていた。

　　実際わたしのことにしてもそう。
　　　わたしは知らないウイルソンを愛している。
　　　　そしてウイルソンにお金を送っている。

　　　　　　それは わたしが承知してやっていること。
　　　　騙されてもいい覚悟で。
　　　わたしもウイルソンと出会ったことで
　　　ある意味満たされている。

ウイルソンが伝えてくるシリアを出てから
今日までの彼の様子、状況。
Brian が言っていたこと。
ヨウコがウイルソンをひと目見て彼を好きになって
追いかけ回してること。

どれもわたしには本当だと思える。

PART 47

ウイルソンの話は特に今日も代わり映えしない。

ウイルソンの最終決断は荷物を自分で受け取ること。

そんな決断にもかかわらず、結局相変わらず荷物の話になる。

　　そして言う。

　　テルヨは荷物を引き取れる状況の中にいるのに、

　　なぜ荷物の引き取りを諦めた。

　　なぜ僕を助けてくれないんだ。

　　アメリカ以外では、銀行の窓口からも ATM からも

　　僕は口座からお金を引き出すことが出来ない。

　　口座には十分お金が入っている。

　　テルヨは僕を信用していない。

　　これまでテルヨが僕の為に支払ったお金は絶対返金

　　する。

この話のたびに、彼は自分の口座預金額の証明書を

わたしに送ってくる。

ウイルソンが今わたしに求めていることは Alice の未払い

学費 $82,900 を支払ってほしいこと。

わたしにはとても納得出来ないこの要求には応えないと、
とっくに決めている。

ウイルソンはAliceに頼んでCompanyにメールさせた。
わたしの所に荷物を配送しないようにCompanyに連絡した。
彼の財産を荷物の所有者のわたしに盗まれると疑っての行為。
それならこの先も土壇場になってウイルソンはCompanyに
連絡するだろう。
テルヨの所に荷物が行かないように、と。

ウイルソンはヨウコも疑った。
荷物はヨウコに受け取ってほしくない。
そしてウイルソンはわたしに頼んできた。
Companyにメールして、ヨウコの所に
荷物が行かないように連絡してくれと。

またある時は、ウィルソンは言う。
ヨウコは僕を助けてくれる。
荷物はヨウコに引き取ってもらうと。

ウイルソンは困難の中に長く置かれてるせいか、
　　彼の頭の中は異変が起きてる様子。

ときにウイルソンに憎しみを覚える。
会ったこともないわたしに多くのリスクを負わせた。

Companyも憎い。
荷物に対する全ての費用をわたしに支払わせた。
その総額は大きい。
それでも荷物はわたしの所に来ない。
Aliceの学費の要求からは免れたけど。
荷物の為にこれまで支払った費用の事は諦められる。
この先不可解な要求で支払いがさらに増えるよりはずっと
まし。

　　わたしは信じている。
　　いつか因果応報が生ずることを。
　　「己の行いは己に返って来る」

もしわたしがこの先ウイルソンに

Apple iTunesを送ることが出来なくなったら
彼はどうするんだろう。

　　最終手段として彼が選ぶのはサカシタ　ヨウコ。
　　せめて餓死することはない。
　　そうなった時はプライドも自分も捨てなければならない。
　　これまで逃げてきた愛がない女とこの先ずっと共にする。
　　──ウイルソンにとっては耐え難い事。
　　それも罰かもしれない。

ウイルソンのこれからの行く末は分からない。
彼が言うように電車ならパスポート無しでも
ヨーロッパ内は何処でも行ける。
パスポートを手にするまでウイルソンは、
ヨーロッパを転々とするのか。
それともヨウコの所に行くのか。

　　アメリカ大使館に助けを求めない限り、
　　ウイルソンはこの先も困難な状況を抱えて行くのだ
　　ろう。

あまりにもウイルソンの運命はかわいそう過ぎる。

ウイルソンをアメリカに戻してやりたい。

PART 48

荷物を積んだ船は、まだテネシー州の港に
留まっているのだろうか。

このところCompanyから学費要求のメールは途絶えた。
わたしが学費支払いを完全に諦めたと思ったのか。
今Companyの様子は全く見えない。
荷物の所有者がいない場合は荷物はシリアの政府に行く。

Aliceの未払い学費問題。
わたしはその件の支払いはとっくに諦めた。
当然わたしに荷物の所有権はなくなった。
それでもなおCompanyはAliceの学費の事で
わたしにメールして来るかもしれない。
ヨウコがメキシコで要求された荷物所有権譲渡費用。
ヨウコにその費用の支払い能力がないと知った時と同じよ
うに。

　　荷物はこの先何処に行くのだろう。

わたしとしてはシリアの政府に行ってほしい。

荷物の中にはリスクを負うかもしれない品物が入っている。

もし荷物を受け取ったら、わたしの行く末が台無しになる可能性がある。

余生を謳歌したいのに。

人生末路が哀れになって、この世を去りたくはないよ。

ウイルソンとのLINEはずっと繋いでおきたい。

いつも彼と話が出来ることが幸せだよ。

ウイルソンはたくましいから何があっても生き延びる。

彼がどこに行っても誰の所に行っても

彼はわたしに近況を話してくれるだろう。

これまでと同じように。

ウイルソンのこの先をずっと見届けていたい。

PART 49

今さら始まったことではないけど
時間のずれからウイルソンと直接話ができない日がある。
1日、2日話ができない時もある。

　　　そんな時彼は決まって言う。
　　　テルヨは僕を愛してない。
　　　僕から去ろうとしている。
　　　僕を助けるのを諦めた。
　　　Aliceの学費の支払いも諦めた。
　　　僕の口座には十分お金が入っている。
　　　それでもテルヨは僕を信用してくれない。

そして決まって言う。
僕はヨウコの所に行くよ。
彼女のいるトルコに行ってヨウコと暮らす。
トルコで一生懸命働いて荷物を自分で取りに行く。
あたかも直ぐにでもヨウコの所に飛んで行くかのように。

彼のいるイタリアからヨウコのいるトルコまでは電車で行ける。

わたしが心配してるのはそのあたり。

当然わたしのいるアメリカからイタリアまで電車では行けない。

可能ならすぐウイルソンの所に飛んで行きたい！

　　LINEだけでもウイルソンと話すことは

　　わたしの支えになっている。

　　１人暮らしのわたしを癒してくれる。

　　彼はいつもわたしと過ごしてくれる。

　　もし彼と話ができなくなったら

　　何を支えに生きて行けばいいのか。

ウイルソンと出会ってから、彼と話をするようになって１年10ヶ月。長い時を彼と一緒に過ごしてきた。

これまでには彼とよく言い合いになった。彼の勝手な不満にムキになっていたら私のエネルギーが消耗するだけ！

彼の文句にこれからはムキにならないでいよう。

今のわたしにできる事は彼の文句を聞いてあげる事。

実際彼とは親子ほど年の差がある。……いや……年の離れた姉と弟にしておこう。

姉のわたしが池になればいい。

飛び込んでくる魚をわたしの池の中に入れてあげる。

お互い言い合いから興奮が冷めた時、彼はいつも言う。

I am sorry. I love you forever!

わたしも言う。

I love you!

　　ウイルソンはわたしが人生ではじめて愛した男。

　　生きているあいだに一度は彼に逢いたい。

　　それまでたくましく生きて欲しい。

　　わたしが逢いに行くまで。

　　わたしを待っていて欲しい。

絶対逢いに行くからねー！

本書は 2021 年 8 月に幻冬舎メディアコンサルティングより
単行本として刊行された作品を改稿し文庫化したものです。

［著者紹介］
テルヨ・フロンベルク

1948年1月30日生まれ。東京都調布市出身。
1999年12月アメリカに移住。血液型B型。
俳優、イベントパフォーマー。
・主なパフォーマンス
　　日系桜祭り：ダンス（サンフランシスコにて開催）
　　日系二世ウィーク：ダンス（ロサンゼルスにて開催）
　　ハリウッド・クリスマス・パレード：笛、鉦（ハリウッドにて開催・
　　　　　　　　　　　　　　　　　　　　　　日本チーム、ねぶたと共に）

・興味ある事
　　見えない数年後の自分

あい　たいか
愛の対価 –the dance of blind love–

2022年10月5日　第1刷発行

著　者　　　テルヨ・フロンベルク
発行人　　　久保田貴幸

発行元　　　株式会社 幻冬舎メディアコンサルティング
　　　　　　〒151-0051　東京都渋谷区千駄ヶ谷4-9-7
　　　　　　電話　03-5411-6440（編集）

発売元　　　株式会社 幻冬舎
　　　　　　〒151-0051　東京都渋谷区千駄ヶ谷4-9-7
　　　　　　電話　03-5411-6222（営業）

印刷・製本　シナジーコミュニケーションズ株式会社
装　丁　　　宮脇菜緒

検印廃止